凯斯特纳儿童文学精品

小丑欧伦施皮格尔

［德］埃里希·凯斯特纳 著
［德］瓦尔特·特里尔 绘
侯素琴 译

湖南少年儿童出版社

图书在版编目（CIP）数据

小丑欧伦施皮格尔 ／（德）凯斯特纳著；（德）特里尔绘；侯素琴译．—长沙：湖南少年儿童出版社，2018.6（2018.9 重印）
（凯斯特纳儿童文学精品）
ISBN 978-7-5562-3316-8-01

Ⅰ．①小… Ⅱ．①凯… ②特… ③侯… Ⅲ．①儿童故事－图画故事－德国－现代 Ⅳ．① I516.85

中国版本图书馆 CIP 数据核字（2017）第 132305 号

Till Eulenspiegel
Author: Erich Kästner; Illustrator: Walter Trier
Copyright © Atrium Verlag, Zürich 1938
Chinese language edition arranged through HERCULES Business & Culture GmbH, Germany

小丑欧伦施皮格尔
XIAOCHOU OULUNSHIPIGEER

| 总 策 划：吴双英
| 责任编辑：周亚丽　畅　然
| 版权引进：畅　然
| 封面设计：陈　筠
| 内芯设计：风格八号
| 质量总监：阳　梅

出 版 人：胡　坚
出版发行：湖南少年儿童出版社
地　　址：湖南省长沙市晚报大道 89 号　　邮　　编：410016
电　　话：0731-82196340　82196334（销售部）0731-82196313（总编室）
传　　真：0731-82199308（销售部）0731-82196330（综合管理部）

经　　销：新华书店
常年法律顾问：北京市长安律师事务所长沙分所　　张晓军律师
印　　刷：长沙湘诚印刷有限公司
开　　本：880 mm×1230 mm　　1/32
印　　张：4
字　　数：6 万
版　　次：2018 年 6 月第 1 版　　印　　次：2018 年 9 月第 2 次印刷
书　　号：ISBN 978-7-5562-3316-8-01
定　　价：24.00 元
质量服务承诺：若发现缺页、错页、倒装等印装质量问题，可直接向本社调换。

＊著作权所有，请勿擅用本书制作各类出版物，违者必究。

小·丑·欧·伦·施·皮·格·尔

欧伦施皮格尔当塔楼号手 068

欧伦施皮格尔买土 078

欧伦施皮格尔教驴认字 084

欧伦施皮格尔戏弄裁缝们 094

大风吹走了三个裁缝伙计 100

欧伦施皮格尔捉弄皮衣师傅 106

欧伦施皮格尔收购牛奶 113

目录

诸位女士们，先生们！ 001

欧伦施皮格尔的三次洗礼 012

欧伦施皮格尔高空走绳索 020

欧伦施皮格尔睡在蜂箱里 035

欧伦施皮格尔治病 046

欧伦施皮格尔烤猫头鹰和长尾猴面包 058

诸位女士们,先生们!

就算有人没到过马戏团,你们也该知道小丑是什么样子。你们还记得吗?小丑就是给大家逗乐的。他们把自己装扮得鲜艳滑稽,好像一整年都在参加化装舞会。

> 小丑就是给大家逗乐的。他们把自己装扮得鲜艳滑稽,好像一整年都在参加化装舞会。

马戏团里，小丑们跟在那些调教好的马的后头跑，本来想要跳到马背上，结果反而掉在沙子里，像球一样打滚。他们也试着玩魔术，然而总是露馅。小丑们把所有动作都反过来做，惹得观众们笑

得前仰后合。

现在你们想象一下：就是这样一个小丑，在某个阳光明媚的日子里从马戏团出走了！他身无分文，没跟马戏团的老板打过招呼，并且还穿着他那套花里胡哨的戏服。他没有学过真正的活计，也没带行李

和拐杖，只身一人，没有父母和任何阔亲戚！

他就这样离开了马戏团，沿着乡村小路，穿过簌簌作响的树林，来到一座小城。有个胖胖的面包师正站在面包房门口，看到远处走过来的小丑，问："哎呀，你到底是什么人，怎么这么奇怪？"

"我吗？"小丑会这样回答，"我是一个游走四方的会烤面包的小伙计。或许您正好缺人手？"

太棒了,是吗?现在,你们再想象一下,面包师真的让这个云游的小丑做他店里的小伙计!这可是一个至今为止从来都没有和过面、没有做过小面包,更别提烤制苹果蛋糕的伙计!你们能想到,他会干出什么糗事吗?

他简直就是在捣乱。除了完全的捣乱没有别的。

那要是他的蠢事做
得太多会怎么样呢?

那样的话,老实巴交的
胖面包师就会解雇他,他就不得不继续游走。到
下一个地方,也许就有个鞋匠会跟他打招呼:"你
到底是什么人,嗯?"

"我吗?"小丑会这样回答,"我是一个游走四方的制鞋工。"

那个鞋匠会说:"简直太好了!我的伙计住院了。快进来!明天之前我们得给二十双靴子上好靴底。"

哦,耶!

你们会相信,世上有如此奇怪的人吗?不相信吗?

然而确实有这样一个人!我保证!

当然,这是在很久以前。在600年前的中世纪,有这么一位马戏团小丑游历在德国各地。他每到一个地方，就要做一些愚弄人的事，叫当地人两眼发黑，头脑发晕。

这个小丑叫梯尔·欧伦施皮格尔。除了滑稽的表演之外，他只会走钢丝。但是他对待在马戏团，在每年集市的表演上露露脸并不感冒。他不想总被别人取笑，他想去捉弄别人。

所以，欧伦施皮格尔就穿梭于德国各地。只要他到一个地方，就能马上找到活，而且都是他完全外行的活。他先后做过面包师、鞋匠、裁缝、塔楼号手、预言师和医生、铁匠、厨师以及牧师、木匠、火炉工、大学教授。他几乎干过所有的活，虽然没有一种活是他拿手的。

欧伦施皮格尔不仅仅是迄今为止最伟大的小丑，也是最特别的小丑。因为他并不待在马戏团里，而是游走在现实生活中！虽然有些被他戏弄的人，也会跟着笑起

> 欧伦施皮格尔不仅仅是迄今为止最伟大的小丑,也是最特别的小丑。因为他并不待在马戏团里,而是游走在现实生活中!

来,不会因为受到他的作弄而生气。可大多数人却对他非常气恼,就算是后来有机会报仇雪恨了,心里还是不痛快。他们真是太不聪明了。

欧伦施皮格尔把他们记得很清楚。多年之后,他会突然出现,再捉弄一下那些人,让他们晕头转向。欧伦施皮格尔总是笑到最后的那个。

民间流传的以及古书中记载的有关梯尔·欧伦施皮格尔的故事数不胜数。要是我给你们挨个讲述那些故事，那么这本书就会重到你们举不起来，也抬不动。因此，我只讲关于他的十一个神奇的故事，现在就从第一个开始吧。

欧伦施皮格尔的第一次奇异的经历就是他的受洗仪式。

欧伦施皮格尔的三次洗礼

听起来有些令人伤心，可这是真的。这个可怜的孩子被洗礼了三次！也许正因为这样，他才变得如此与众不同，谁知道呢。万事皆有可能。算了吧！不管怎样，欧伦施皮格尔只出生过一次，他生在位于吕内堡和布伦瑞克之间一个叫克奈林根的村庄。由于克奈林根实在是太小了，没有教堂，新生儿不得不在阿姆布莱本接受洗礼。那里有教堂，牧师叫阿诺德·普法芬迈耶。

普法芬迈耶牧师的洗礼仪式做得很漂亮。欧伦施皮格尔的母亲当时还不能下床活动，尽管小欧伦施皮格尔在整个洗礼过程中哭闹个不停，可那些一起去阿姆布莱本的女人们都觉得这个仪式太完美了。这是他经历的第一次洗礼。

之后，在场的人都受到欧伦施皮格尔父亲的邀请，到酒馆去喝一杯。他们还真的口渴了，这是可想而知的。

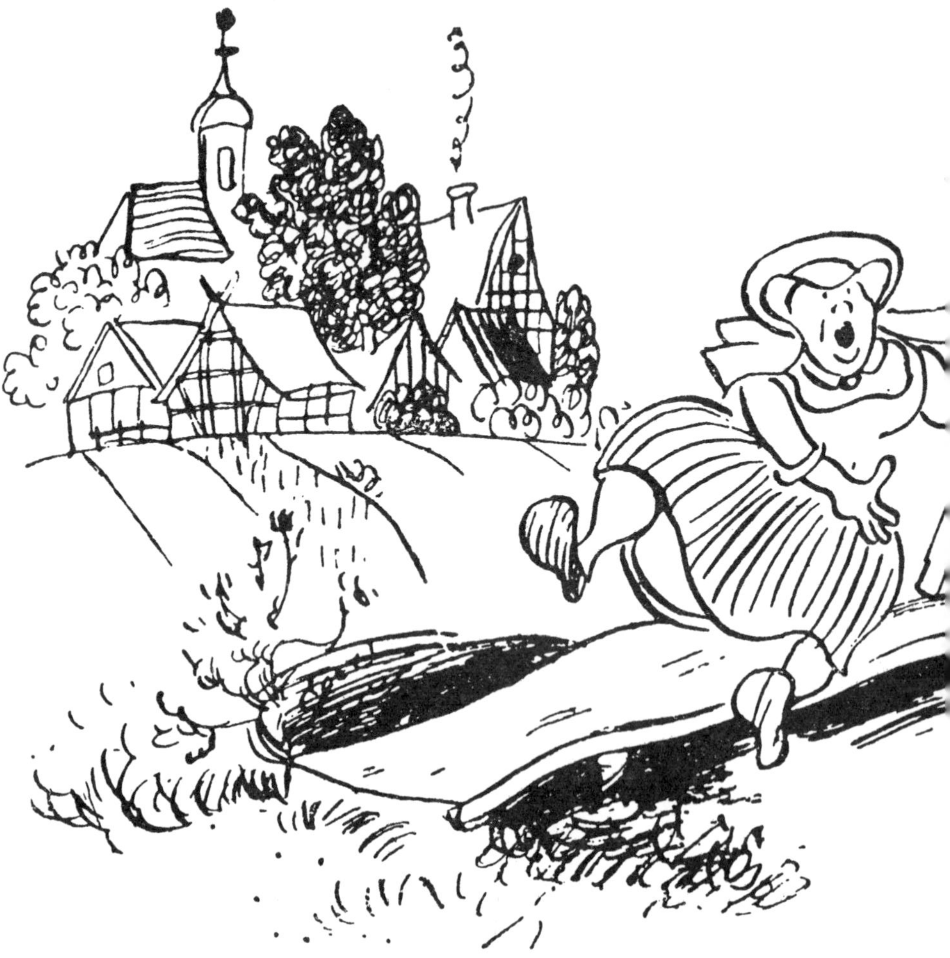

这儿有免费的啤酒,还有祝酒辞。助产士一路上抱着襁褓里的婴儿从克奈林根来到阿姆布莱本,在洗礼时,还得把婴儿举在洗礼盆的上方,因此她尤其口渴,酒也喝得最多。当一行人傍晚起身返回克

奈林根时，所有人都有些许醉意，助产士也不例外。就在她走上一座狭窄而且没有护栏的小桥时，突然感到一阵眩晕，人们还没来得及反应过来，她已经带着襁褓中的小欧伦施皮格尔从桥上掉进了河里。这是欧伦施皮格尔的第二次洗礼。

两个人倒是平安无事，就是看起来脏兮兮的。因为在酷热的盛夏，河流干枯，遍地淤泥。助产士呼叫着，欧伦施皮格尔的父亲骂骂咧咧，小欧伦施皮格尔没命地哭。这个小家伙看起来那么脏，他甚至差点被闷死。

他们一回到克奈林根，就马上把小欧伦施皮格尔塞到浴缸里，不断地冲洗，直到他恢复原样。这就是所谓的第三次洗礼。

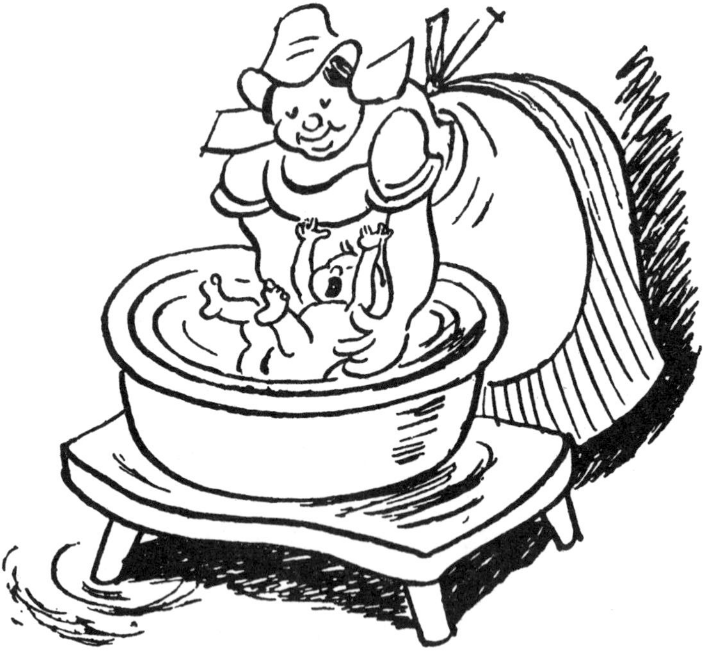

牧师普法芬迈耶第二天知道了这件事情，摇着他那长满灰白头发的脑袋说："但愿这个小男孩儿日后万事顺利！没有哪个孩子可以忍受三次洗礼。洗礼的次数太多，就不是什么好事了。"

在这一点上，应该说牧师普法芬迈耶是正确的。

欧伦施皮格尔高空走绳索

　　欧伦施皮格尔小时候就是个淘气鬼。只要有机会，他随时都能捉弄克奈林根的人，惹得大家都很生气。那些人每次到他家里告状，通常又说不出这个小捣蛋到底做了什么。父亲不管三七二十一，就揍欧伦施皮格尔一顿，因为他想："无论老乡们说的是不是真的，挨顿打对孩子也没什么坏处。"
　　但是为什么要打孩子，他自己从来都不清楚。
　　欧伦施皮格尔被惹毛了，就又去招惹克奈林根的人。

村里人就更加生气，最后欧伦施皮格尔又要挨一顿好揍。

慢慢地，父亲没有气力再打欧伦施皮格尔了。他开始生病，后来离开了人世。

再后来，母亲带着欧伦施皮格尔搬出了克奈林根，回到了她萨勒河边的娘家。那时，欧伦施皮格尔已长到16岁了，必须得谋一个职业。可他没有做那些白日梦，而是在搭在顶楼的晾衣绳上学习走绳索。母亲一逮他，他就飞快地从天窗爬出去坐在房顶上等着母亲消气。天

窗外就是萨勒河。欧伦施皮格尔会走绳索之后,就把顶楼的绳子越过河的上空,接到对岸另一座房子的天窗上。

欧伦施皮格尔爬上绳索,慢慢地在上面保持好平衡,不让自己摔下来,其他小孩和邻居们看到这一幕都惊呆了。

河两岸挤满了人,他们仰着脖子看着天空,神经就像上面的绳子一样绷得很紧。后来,欧伦施皮格尔的母亲发现不对劲。她飞速爬到顶楼,看到天窗外的一幕都愣住了——她的儿子正站在晾衣绳上,就在河的正上方,居然还在表演特技!毫不迟疑,她从围裙口袋里掏出了

削土豆的削皮刀就切了下去——咔嚓,绳子断了!欧伦施皮格尔丝毫没有防备,一下子从云端跌了下来,笔直地掉进了河里。现在的他,只能在萨勒河里洗个澡,不能继续在绳索上走舞步了。围观的孩子和其他的邻居们,所有看到这一幕的人都笑得死去活来,他们发出的幸灾乐祸的笑声,让欧伦施皮格尔火冒三丈。

他爬上岸,装作什么也没有听见。但是,他正暗自下决心：一定要让这群人为他们的幸灾乐祸付出代价，如果可能，要让他们加倍偿还。

第二天，欧伦施皮格尔又拴了一根新绳子。这次，不是固定在自家房子的天窗上。他可不想再到萨勒河里洗澡，因为他认为，正如人们说的那样，洗澡次数多了，皮肤会变薄的。

这次，欧伦施皮格尔把绳子固定在了另外两个房子上，高高地悬在空中，连他的母亲都看不到。可想而知，小孩子们又跑来了，接着农夫和农妇们也聚集过来。他们开着欧伦施皮格尔的玩笑，议论纷纷，看他是不是还想从绳子上掉下来。有些人嘴里说，欧伦施皮格尔肯定会掉下来，要不对他们来说，就没什么意思了。

欧伦施皮格尔却说："我今天给你们表演更漂亮的节目。你们得把左脚上的鞋脱下来给我，让我背着上绳子，要不，我的绝活就演不成。"

一开始，看热闹的那些人还不太配合。但是后来他们还是一个个地脱下了左脚的鞋，最后，他们在欧伦施皮格尔面前总共放了 120 只左脚的鞋！欧伦施皮格尔把这些鞋的鞋带都系在一起，然后背起像山一样的鞋子，爬上了绳子。

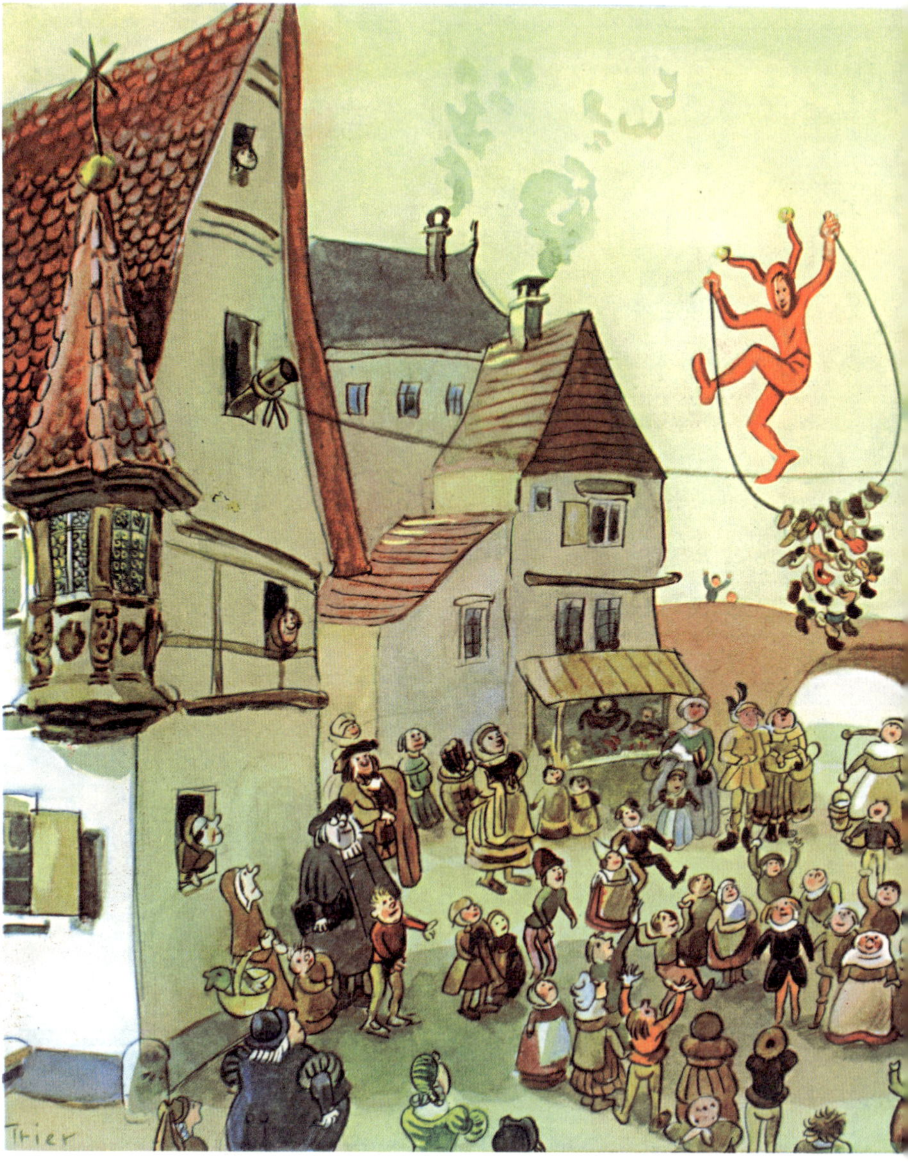
Trier

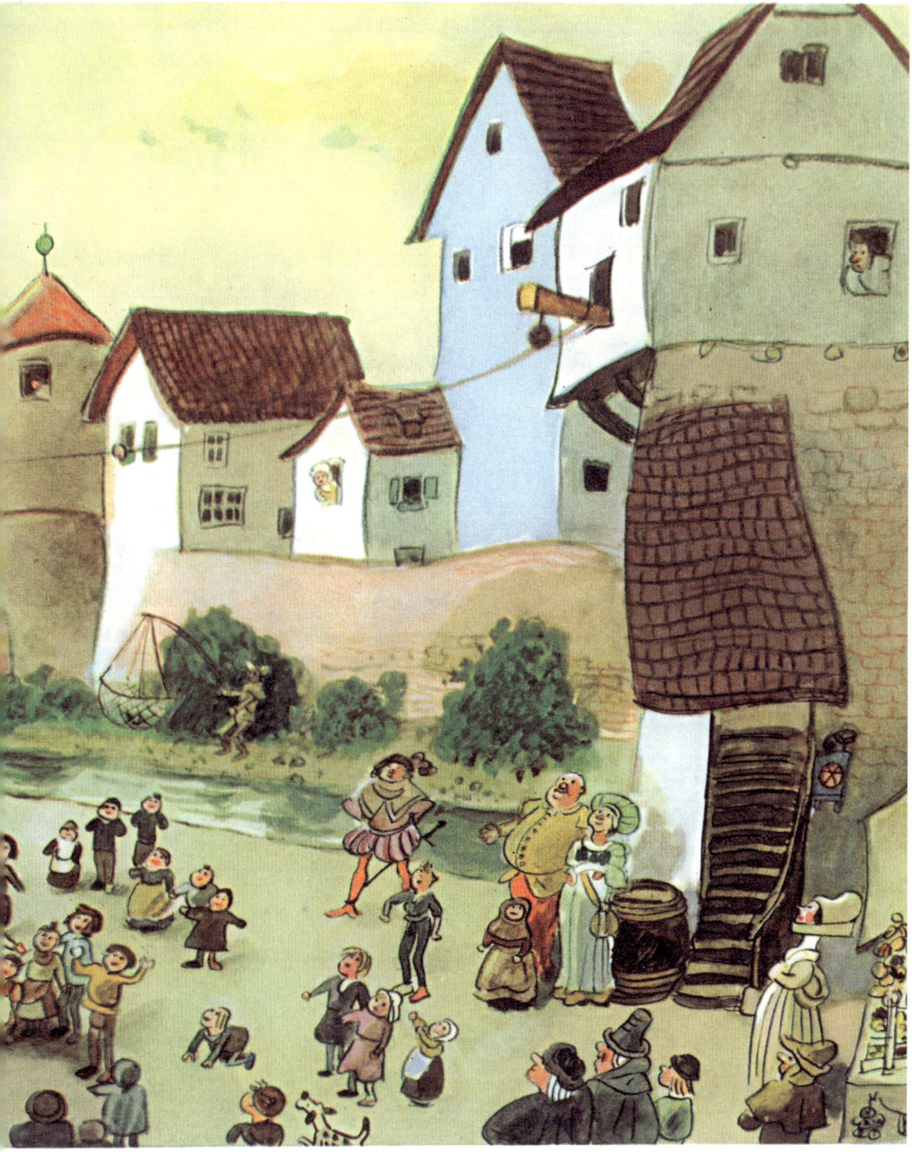

下面站着的 120 个看热闹的人,他们每人都只穿着一只鞋。

欧伦施皮格尔小心翼翼地保持着平衡,背着那一大堆绑在一起的鞋慢慢地走在绳子上。当他走到绳子中间的时候,一下把绑着那些鞋的带子解开,喊了一声:"注意啦!"然后把这 120 只鞋扔到了下面的马路上!"你们的鞋来了!"他边笑边喊,"你们可要小心,别错拿了别人的!"

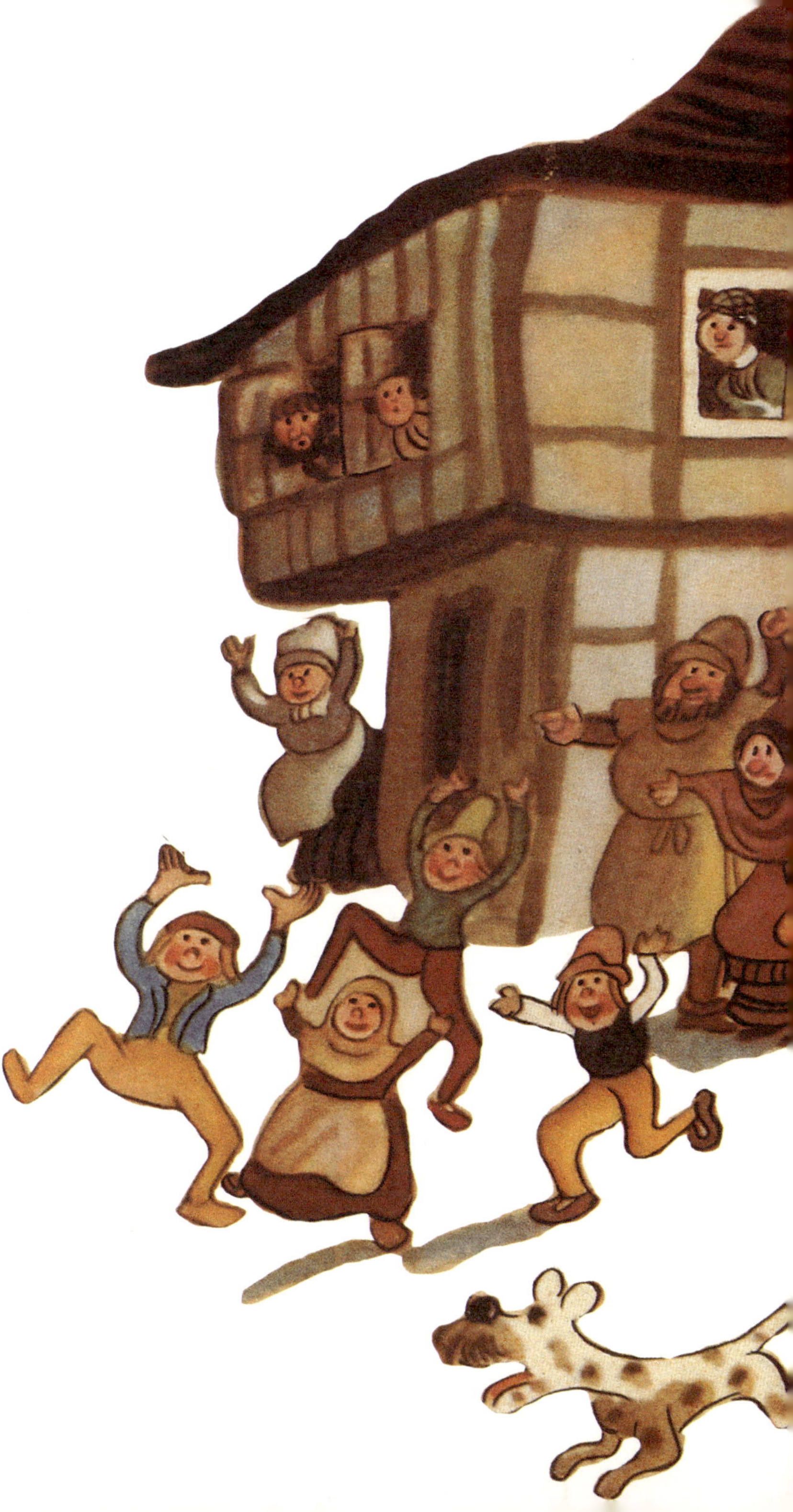

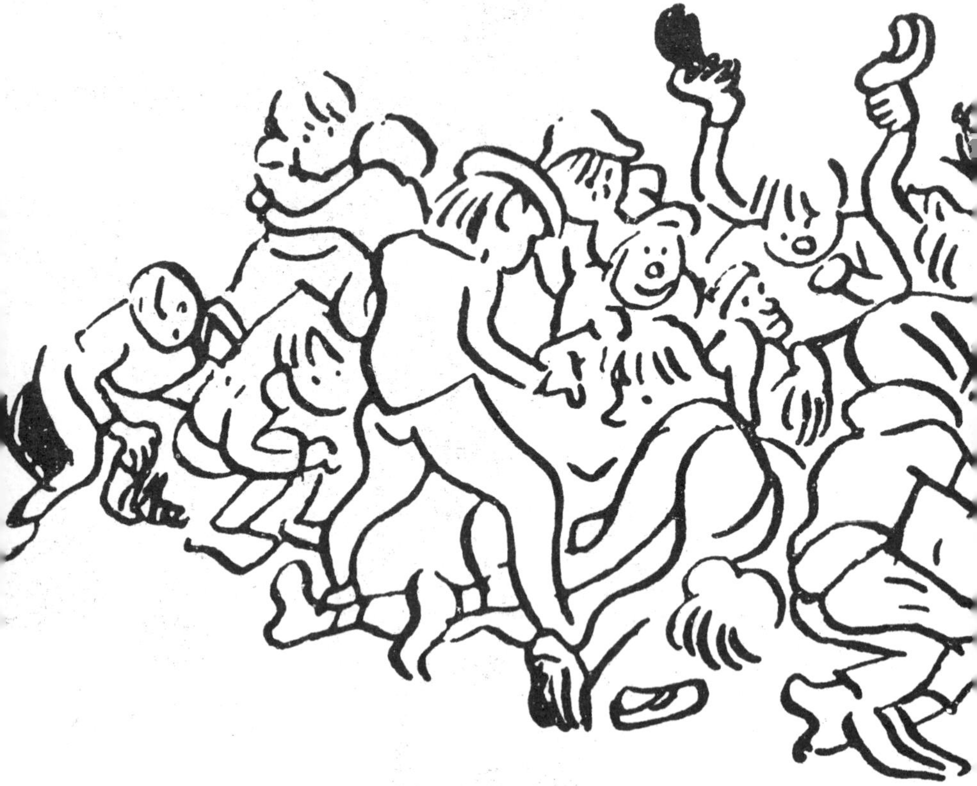

120只鞋就这样被丢在了马路上,路上站着的120个人,每个人的脚上都只穿着一只鞋!他们像疯子一样扑向丢下来的鞋,翻腾着找自己的另一只。场面顿时一片混乱。人们互相争夺打斗,撕扯着头发,在马路上嚎叫着翻滚在一起。

一个小时四十三分钟之后,他们终于各自找到了左脚的鞋。可是,这些可怜的人看起来成什么样子了?他们头上被打出了大包,裤腿上被撕破了洞。路面上散落着七颗牙齿。19个农夫和11个小孩走路一瘸一拐的,几乎回不了家。

所有人都发誓,只要他们逮住梯尔·欧伦施皮格尔,一定要好好地揍他一顿。

可是怎么才能逮到欧伦施皮格尔,这是个难题。因为欧伦施皮格尔已经有三个月没有出过门了,他成天待在家里陪着母亲。母亲倒是很高兴,说:"这就对了,孩子。你终于变得成熟了。"

可怜的人们啊!

欧伦施皮格尔睡在蜂箱里

有一次，欧伦施皮格尔和母亲去邻村的教堂落成节的年市上。这个家伙喝了不少啤酒，大中午就完全醉了，直犯困，于是就想找个背阴的地方睡上一觉。

他来到一个僻静的花园，花园里放着很多蜂箱。其中有些是空的，他就钻进一个空蜂箱里，美美地睡了起来。

他从中午一直睡到半夜。欧伦施皮格尔夫人在年市的游乐场到处找儿子，后来想，或许他早就回家去了。

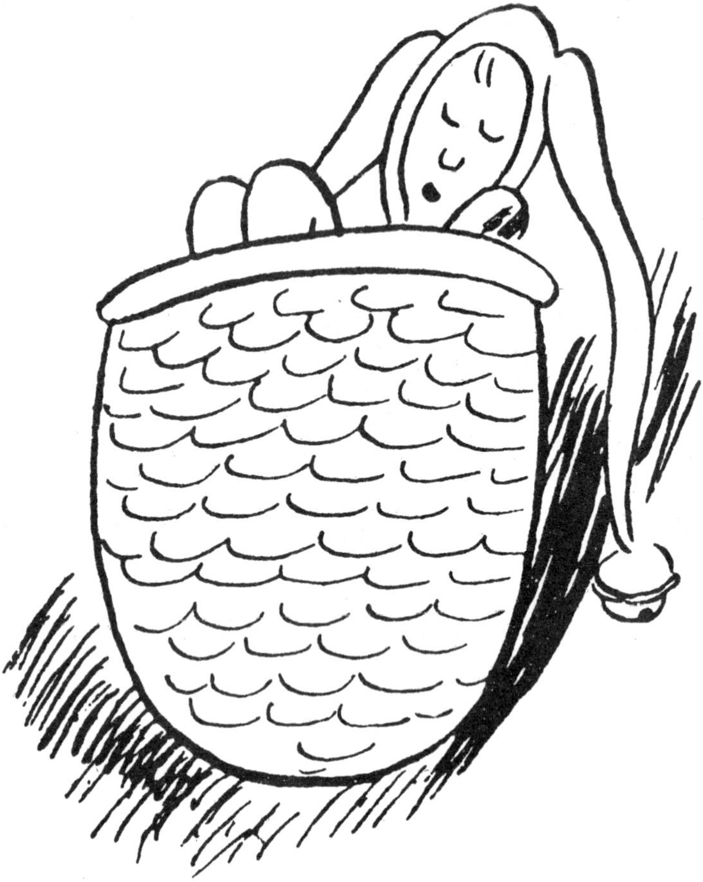

可是,正好相反,正如前面说的,他一直躺在那个空蜂箱里睡觉、醒酒。

半夜,两个小偷溜进花园想偷个蜂箱,回去好卖里面的蜂蜜赚钱。"我们要挑个最重的搬走,"小偷甲说,"越重,里面的蜂蜜就越多。"

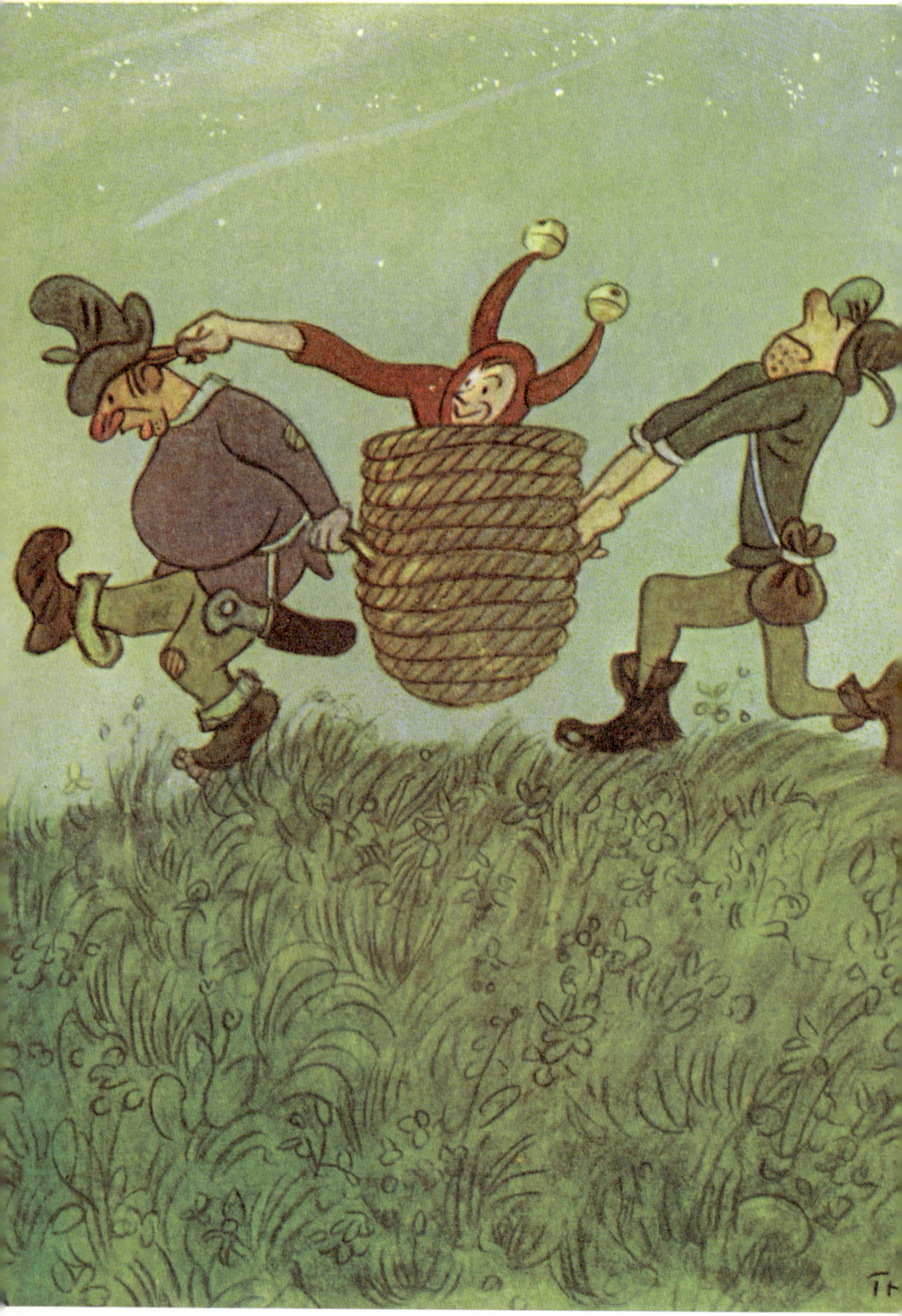

"好!"小偷乙说。然后他们两个挨个抬了抬这些蜂箱掂分量。最重的一个蜂箱当然就是欧伦施皮格尔躺在里面的那个。于是他们抬起这个蜂箱,吃力地把它运出花园抬到马路上,朝他们的村子走去。一路上,他们累得气喘吁吁,满头大汗。

> 最重的一个蜂箱当然就是欧伦施皮格尔躺在里面的那个。于是他们抬起这个蜂箱,吃力地把它运出花园抬到马路上,朝他们的村子走去。一路上,他们累得气喘吁吁,满头大汗。

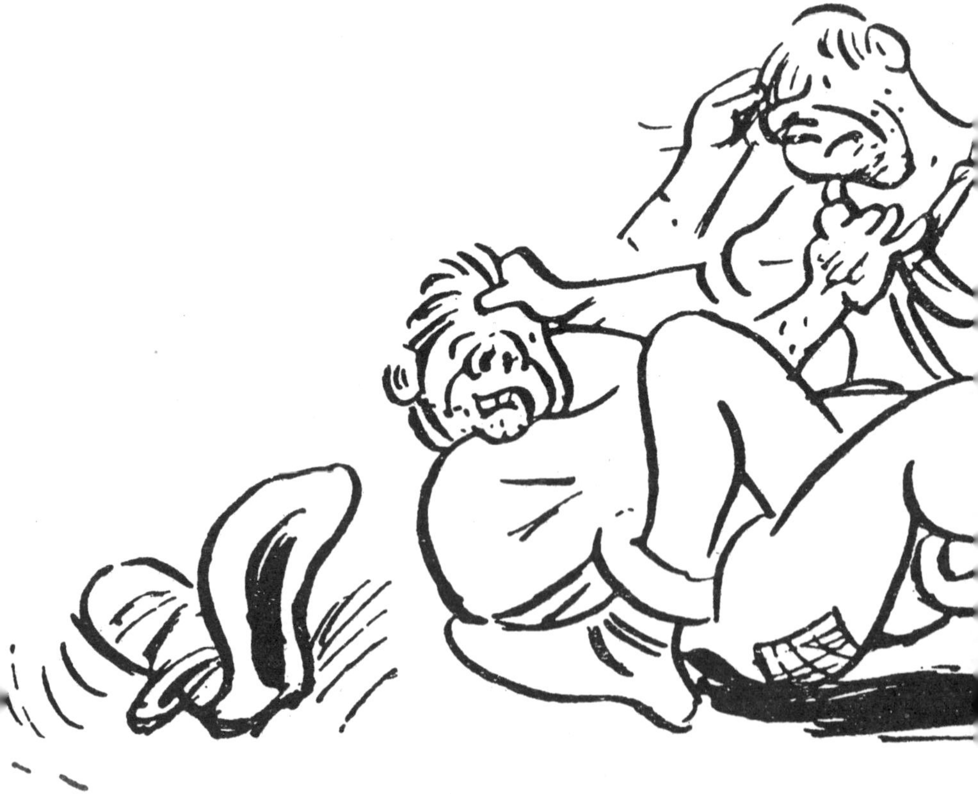

欧伦施皮格尔的美梦被打断了,他很生气被这两个家伙吵醒,而且居然在半夜里要把他运到别的村子去。

就在两个小偷抬着蜂箱走了一阵的时候,欧伦施皮格尔小心地从蜂箱里伸出手来,狠狠地拽了一下前面小偷甲的头发。

"哇哦,"小偷甲大喊,"你疯了吗?"他认为是小偷乙拽他的头发,就狠狠地骂了起来。

小偷乙也觉得莫名其妙,说:"是你疯了吧?我抬着这个东西就像抬着个家具,你自己好好想想,我哪有空,再说,也没心思拽你的头发!蠢货!"

欧伦施皮格尔尽兴地寻他们开心,过了一会儿,他又扯一下后面小偷乙的头发,跟刚才一样,他手里还拽下来一小撮。

"我简直受不了了!"小偷乙喊起来,"刚才你怀疑我拽你的头发,可你现在几乎把我整个头皮都扯下来了!太放肆了!"

"胡说!"小偷甲抱怨道,"天这么黑,路都看不清,而且我的手还扶着这个箱子,哪还能腾出来伸到后面扯你的头发?你脑子糊涂了吧!"

他们吵着、骂着、嘟囔着，梯尔·欧伦施皮格尔差点笑出声来。当然，他没有发出任何声音。过了5分钟，欧伦施皮格尔又拽了一下前面小偷甲的头发，结果他的头猛地撞在了蜂箱上。小偷甲火冒三丈，扔下蜂箱，转身两个拳头就打在了后面小偷乙的脸上。小偷乙也不示弱，他扔下蜂箱，奋力地扑向前面的同伙。不出一会儿，两个人就在地上扭打在一起。正在气头上的他们在黑暗

中迷失了方向，都找不到自己的同伙在哪里。欧伦施皮格尔这时却在蜂箱里舒舒服服地睡着了，一直睡到第二天早上太阳高照。

他早上醒来后，径直走了。可他没有回到他母亲那里，而是受雇到一个骑士那里去当马夫，尽管他压根儿都不会骑马。

不出多长时间，骑士就把他赶出了城堡，这个倒也不足为怪。

欧伦施皮格尔治病

不容置疑，小时候是个野孩子，那他长大后会越来越糟，再加上幼年丧父。梯尔·欧伦施皮格尔就是这样，他捉弄人的手段一年比一年高明。

他换工作比换衬衫还勤快。因为他在哪里都待不长，一不小心就会被送上绞刑架，要不至少被打个半死，所以还不到20岁的他就到过很多地方，对德国了如指掌。

他还去过纽伦堡，在那里的生活简直是多姿多彩。

他曾在教堂和市政厅的门上贴出冒充神医的广告。不久,有个医院的院长找到"神医"说:"尊敬的先生,我们医院里躺着很多病人,我都不知道该怎么办。他们把床位全占满了,但钱无论如何都不够。您能给我一些建议吗?"

欧伦施皮格尔摸了摸他的耳朵,回答说:"当然可以,亲爱的先生。可是好的建议就不会那么便宜了。"

"多少钱?"院长问。

欧伦施皮格尔答道:"200个金币。"

老实的院长一下子愣住了,问欧伦施皮格尔"医生",他治疗病人能达到什么效果。

"我可以在短短一天的时间之内治好医院里所有的病人!一旦我没有治好,我不会要一个铜板。"

"成交!"院长喊道,他立刻带欧伦施皮格尔到医院，告诉病人们，这位新大夫会给他们所有人治病，只要他们听新大夫的话。

然后院长回到办公室，把欧伦施皮格尔留在病房。欧伦施皮格尔慢慢地从一张病床走向另一张病床，跟这些人说话。他跟每个人说话都很低声，显得很神秘，而且跟每个人都说同样的话。

"我想帮助你们大家，"他说，"包括你，我的朋

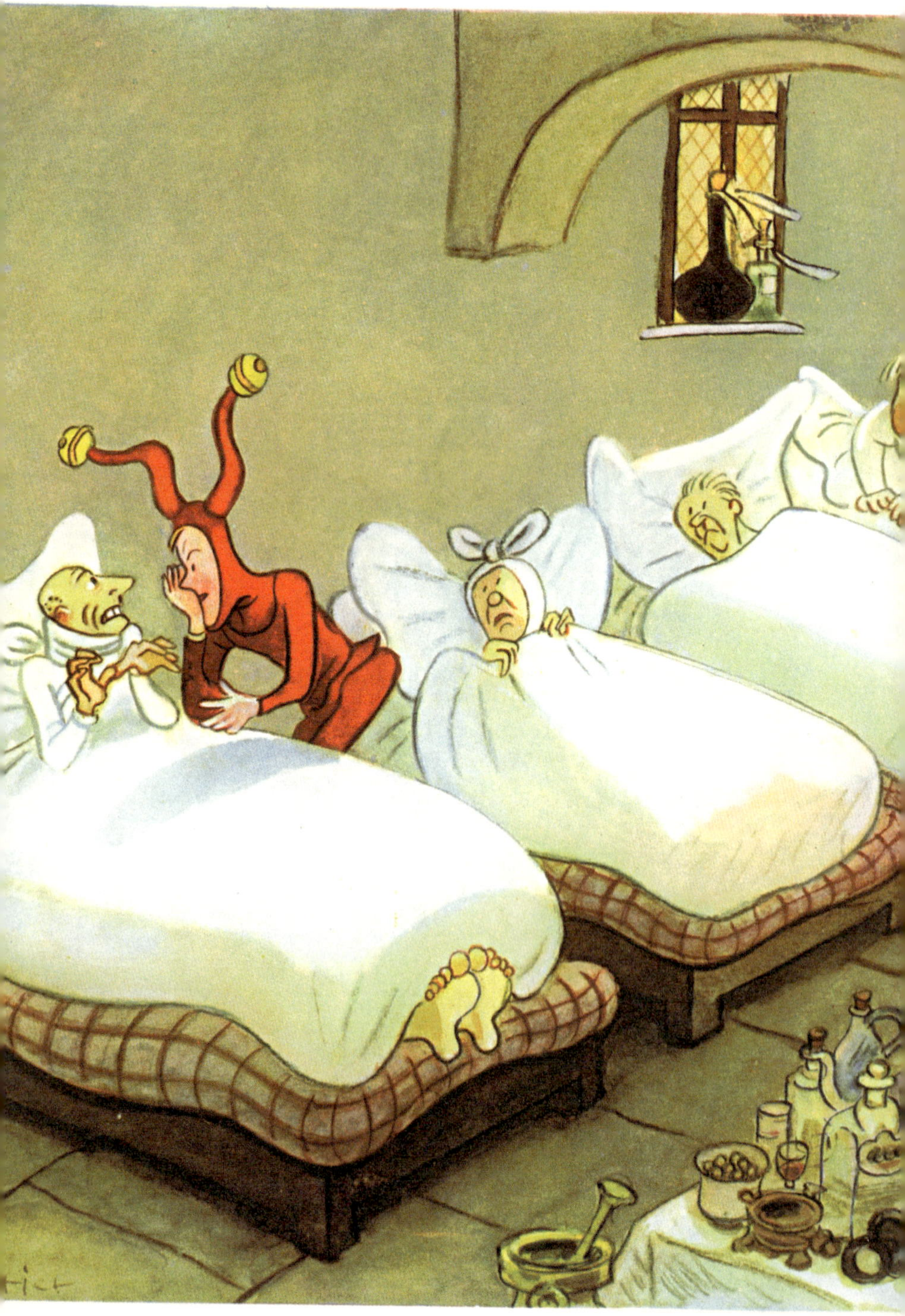

友,还有其他人。我知道一种神奇的药方,就是我必须把你们中的一个人烧成灰,然后让其他人吃下去。我自己已经想好要把哪个人烧成灰——就是房间里病得最重的那个。这是最好的选择,你不觉得吗?那,就这样。"然后,他腰弯得更低了,继续小声说,"半个小时之后,我把院长叫上来,他会叫病好了的人离开。亲爱的,最好你能稍微快一点,因为我要把跑在最后的那个烧成灰。

只能这么做了。"

他走到每个人面前说了同样的话,最后把院长叫到楼上。院长大声喊:"谁觉得自己病好了,就可以出院了。"

三分钟之内,整个病房一下子就空了!所有病人都以自己最快的速度跑了出去,甚至是颠着走出医院的。他们害怕极了!

这可都是些在医院里躺了十多年的病人!院长简直无言以对,他飞奔到办公室,取了220个金币,塞给欧伦施皮格尔说:"我另外再多给您20个金币。您是世界上最好的医生。"

"就这样吧!"欧伦施皮格尔说。他是指这些钱就这样吧。他把钱塞到口袋里,向院长告辞后,离开了纽伦堡。

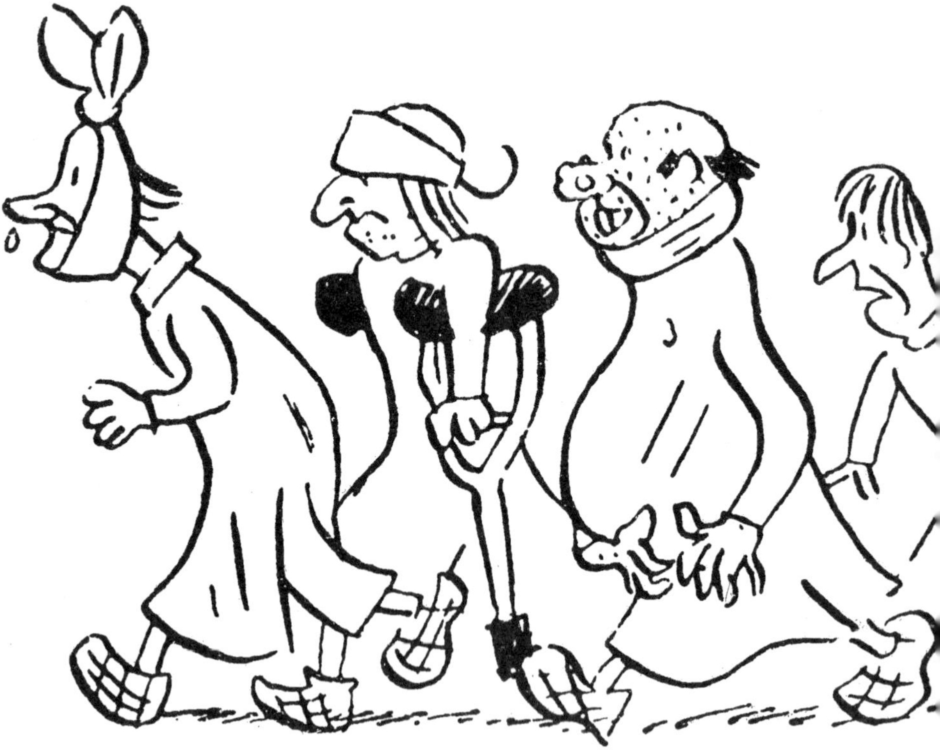

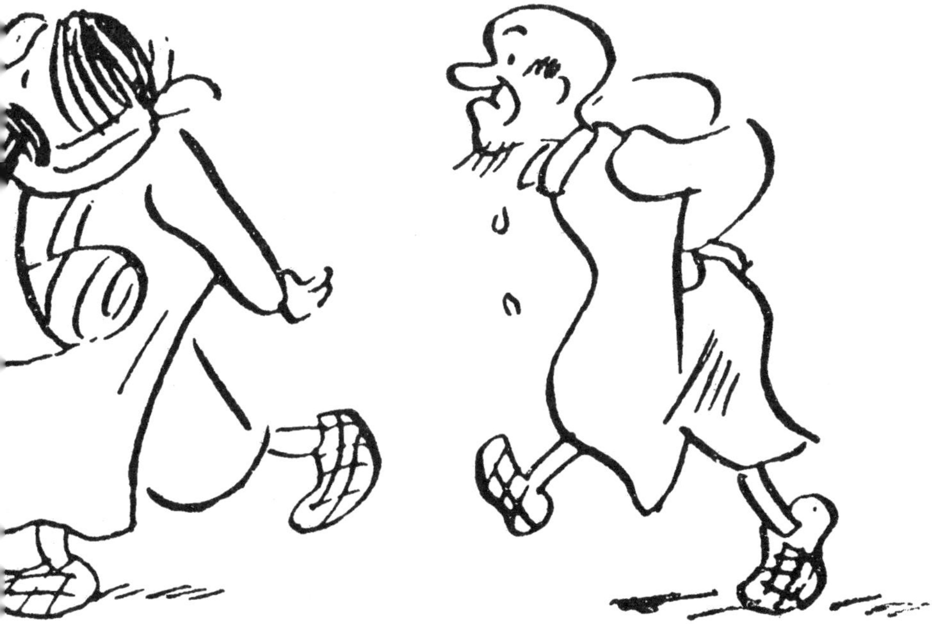

可是不出一天，所有患者都回到医院找神医，并且又躺在了他们的病床上。

院长莫名其妙。"这是怎么回事？"他喊道，"我想，他把你们都治好了啊？"

这时，他们给院长讲了昨天跑走的原因——他们没有人想被烧成灰。

"我怎么跟驴一样蠢，"院长说，"我上了这个无赖的当，居然还多给了他20个金币。"

欧伦施皮格尔
烤猫头鹰和长尾猴面包

　　欧伦施皮格尔再一次回到布伦瑞克,想找"家乡旅店"在那里过夜。他向一个站在面包房门前的面包师打听去旅店的路。面包师仔细地给他指了路,然后问他:"你是做什么的?"

　　"我吗?"欧伦施皮格尔说,"我是游走四方的烤面包学徒。"

　　面包师很高兴,因为他正好需要一个店伙计。于是,他给欧伦施皮格尔提供免费食宿,还付他工钱。头两天,面包师自己一直在厨房里忙着,压根儿没有发现,欧伦施皮格尔对烤面包一窍不通,就像大提琴手不会弹钢琴一样。到第三天晚上,面包师也许是想早点睡觉,也

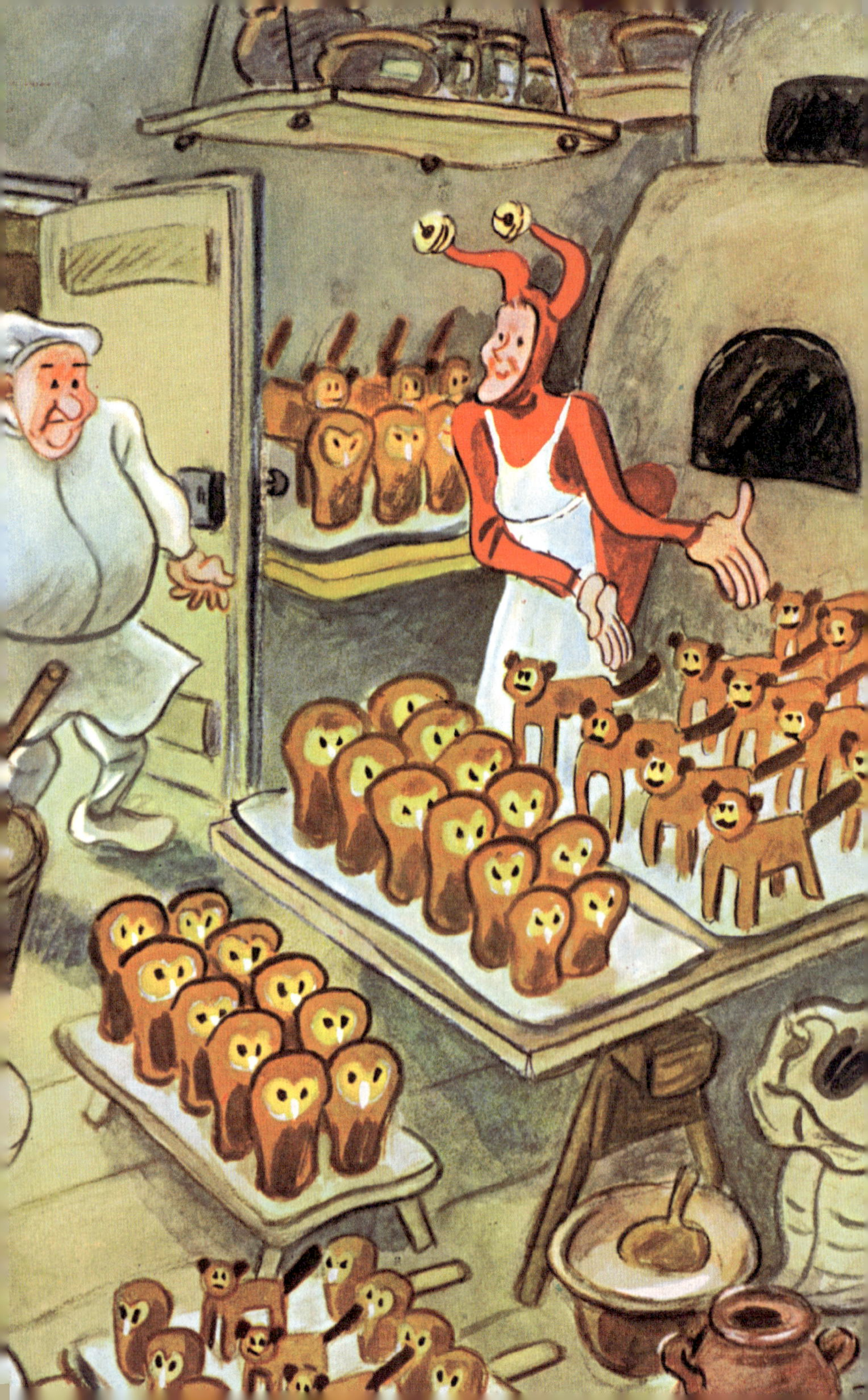

许是想去黑猪客栈打九柱球。他嘱咐欧伦施皮格尔说:"今天晚上你得自己烤面包了,我要到明天一早才能回来。"

"好的,"欧伦施皮格尔说,"可是我该烤什么呢?"

"太不像话了!"面包师叫起来,"你是烤面包的伙计,却要问我该烤什么!我看就烤猫头鹰和长尾猴吧!"如果他说的是"紫罗兰和小狗仔"就好了,他说"猫头鹰和长尾猴"只是因为他对这个愚蠢的问题很生气。

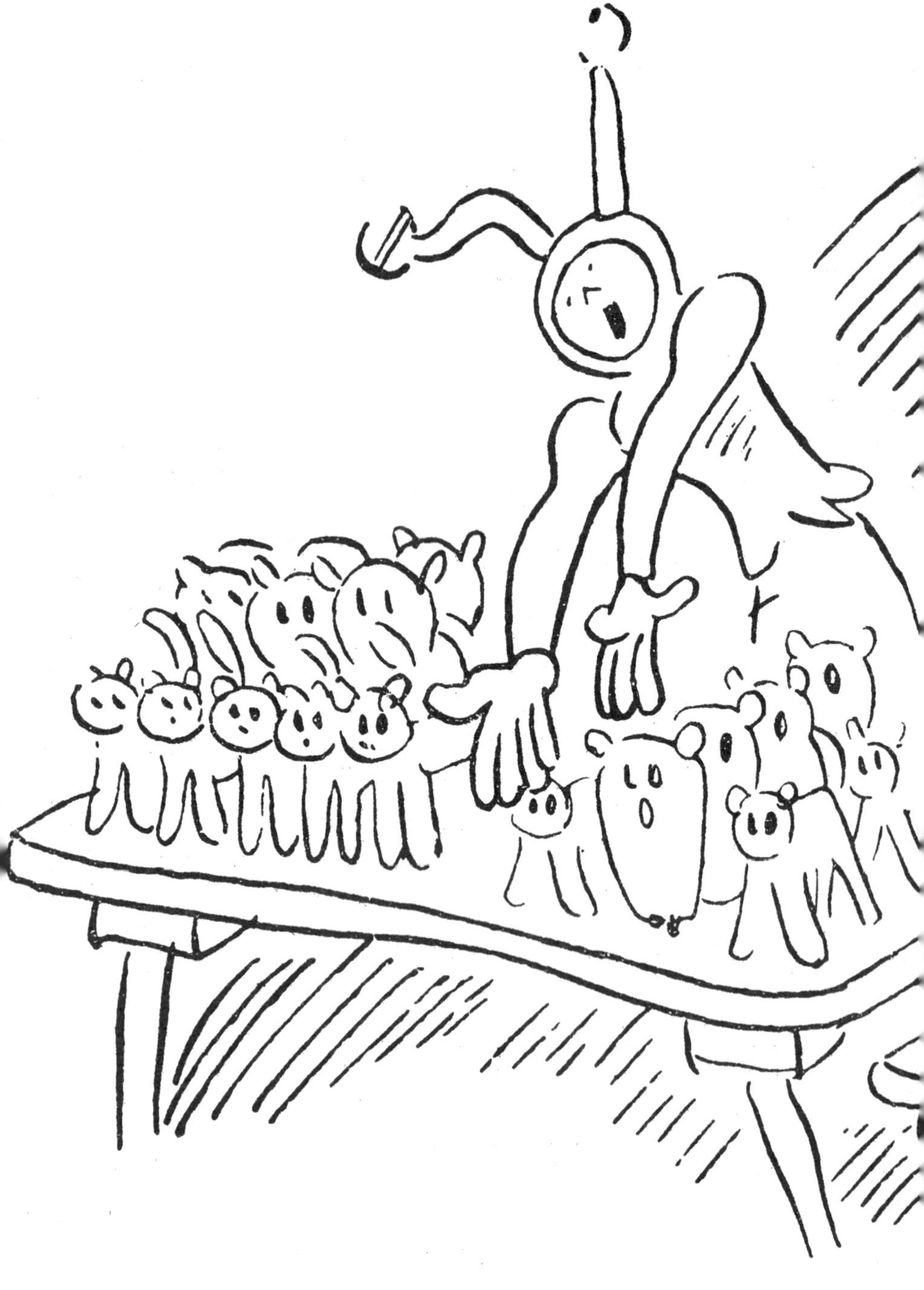

就在面包师走了之后，欧伦施皮格尔和好面，从晚上 10 点一直忙活到凌晨 3 点，他真的烤出了一大批"猫头鹰"和"长尾猴"。

早上，面包师踏进面包房的那一刻，觉得自己像到了动物园。到处都是站着的、躺着的烤得松松脆脆的动物。他徒劳地在店里四处查看，找不到任何长面包、小面包和

> 早上，面包师踏进面包房的那一刻，觉得自己像到了动物园。

圆面包的影子。

面包师火冒三丈,一拳打在桌子上,喊道:"你到底烤了些什么东西?"

"您看到了,"欧伦施皮格尔回答,"猫头鹰和长尾猴。就像您要求的那样。这些东西难道还不像真的吗?我可是费了不少功夫呢!"

欧伦施皮格尔让这个老实的面包师暴跳如雷。他抓起欧伦施皮格尔的衣领，把他拎过来拎过去，大叫："滚出去！马上！你这个骗子！"

"您得先松手，"欧伦施皮格尔说，"要不我走不了啊。"面包师放手了，欧伦施皮格尔马上就想溜。可是又被面包师抓住了。"你得先赔我你浪费掉的面团！"他说。

"只要我能带走这些可爱的小东西们，"欧伦施皮格尔回答，"我买了做成它们的面团，那么它们就是我的了。"

面包师同意了，收了钱。欧伦施皮格尔背着一背篓的"猫头鹰"和"长尾猴"离开了面包房。

下午，教堂前的广场上人潮汹涌。梯尔·欧伦施皮格尔站在人群里卖他的"猫头鹰"和"长尾猴"，赚了不少钱。

不一会儿这事就传开了。面包师听到后，关了店门，一刻不停地朝圣尼古拉斯教堂跑去。"这小子得赔我木柴，赔我他烤乱七八糟的动物时用掉的木柴！"他一边在街巷中狂奔，嘴里还一边喊着，"还有我烤箱的使用费！我还要让人把他关起来！"

可是当他到广场的时候，梯尔·欧伦施皮格尔早已无影无踪了。他不仅卖光了"猫头鹰"和"长尾猴"，甚至把原本属于面包师的背篓也以一个塔勒①的价钱卖了出去。

很多年过去了，布伦瑞克的人们都还在借此取笑可怜的面包师。

---

①塔勒：18世纪通用的德国银币。

欧伦施皮格尔当塔楼号手

有一次，欧伦施皮格尔在安哈特伯爵家里当差。当时，伯爵把一大批骑士和他们的随从都安置在伯恩堡的城堡里，城墙外是农民们的田地和牧场，他们在这里是为了保护农民，抵御强盗。他们必须抵御那些到村子里来打劫，抢走农民牲畜的强盗。

欧伦施皮格尔被安排在城堡最高的塔楼上，他的任务是随时观察城外的动静。只要敌人一出现，他就要吹响报警号。

从上面他还能看到城堡的内院里，那些骑士和随从们一直坐在长餐桌前，不停地吃喝。

他们吃喝的兴致很高，包括伯爵在内，所有人都忘了给塔楼号手送点吃的上来。尽管欧伦施皮格尔在上面用吃奶的力气大声地喊，下面的人还是没听见，因为塔楼实在太高了。而他也不能下去，因为他得监视城外的动静。某个阳光明媚的下午，他看到强盗们骑马朝这边冲过来。这群强盗在把牲畜赶到城堡前，还放火烧了几座粮仓，行为粗鲁极了。而欧伦施皮格尔躺在窗户上，舒舒服服地盯着他们看，那个用来报警的号则安然地挂在墙上。终于有个农民跑进城堡，向伯爵报告有强盗来突袭。那些骑士们这才匆匆忙忙地从马厩里牵出马来，一阵风似的奔出城门。可是，敌人早已经带着抢走的牲

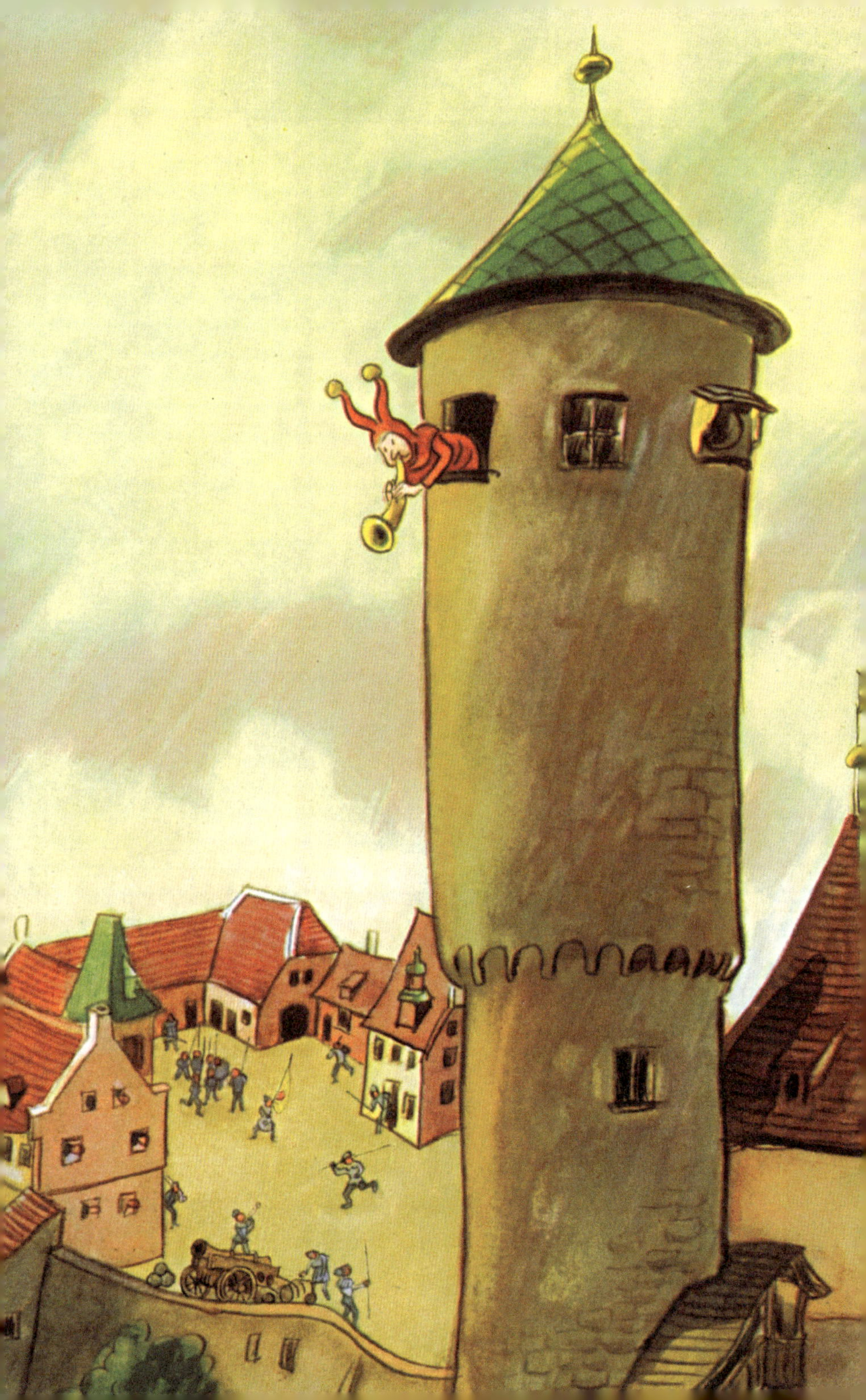

畜逃之夭夭了。

伯爵返回城堡，非常生气。还没来得及脱下装备，他就爬上塔楼质问欧伦施皮格尔："该死，你看见那些强盗来了，怎么没吹号？"

"那么，"欧伦施皮格尔也反问，"你们怎么没人给我送吃的上来？人没吃东西，就没力气吹号。"

还有一次，伯爵突围出城，把敌人的牲畜赶到了自己的城堡里，全部都烤来吃。

　　这样，下面的院子里，大家又坐下来吃个没完没了。欧伦施皮格尔在塔楼上闻到了烤肉的香味，可是底下的人还是把他忘记了。突然，欧伦施皮格尔抓起挂在墙上的警报号，伸出窗外，大声吹起来。

　　伯爵和骑士们扔下桌上的大餐，穿好盔甲，骑马飞奔出城。没等他们走多远，欧伦施皮

格尔就从塔楼上跑了下来,背起那些烤牛肉、烤猪肉和其他各种美味,迅速爬回塔楼吃了起来,一直吃到他的裤子都穿不进去了。

白跑一遭的伯爵怒不可遏。他爬上塔楼质问道:"你脑子是不是有问题?半个强盗的影子都没有,你怎么能吹警报呢?嗯?"

"实在是太饿了,就是这样,"欧伦施皮格尔回答道,"就像人在发烧的时候会出现幻觉一样。"

"胡说,"伯爵说,"对我来说,没有敌情时胡乱吹号,有敌情时却又不吹号的人,做不了号手。"他雇了其他人做塔楼号手,欧伦施皮格尔当起了步兵。

他也不适合当步兵。因为,当敌人打到城门前时,他必须跑上去战斗。所以他就故意跑得很慢,跟在队伍的最后面;要是敌人落荒而逃,他则第一个跑回城堡里。

这样反复两三次之后，其他人包括伯爵，都发现了他的伎俩。伯爵就问他："这到底是怎么回事？"

"事情是这样的，"欧伦施皮格尔说，"因为我当号手的时候吃得太少，所以体质就比较差。如果我真的花力气跑出去打头阵的话，那我就得发疯一样地第一个跑回来，狼吞虎咽地吃。这样跑来跑去，我的身体可吃不消。"

"快滚！"伯爵愤怒地咆哮，"要我把你吊死吗？"

"千万别，"欧伦施皮格尔说，"这样我的身体也受不了。"他捆起他的衣服包，离开了伯爵的城堡和伯恩堡城，一刻也没多留。

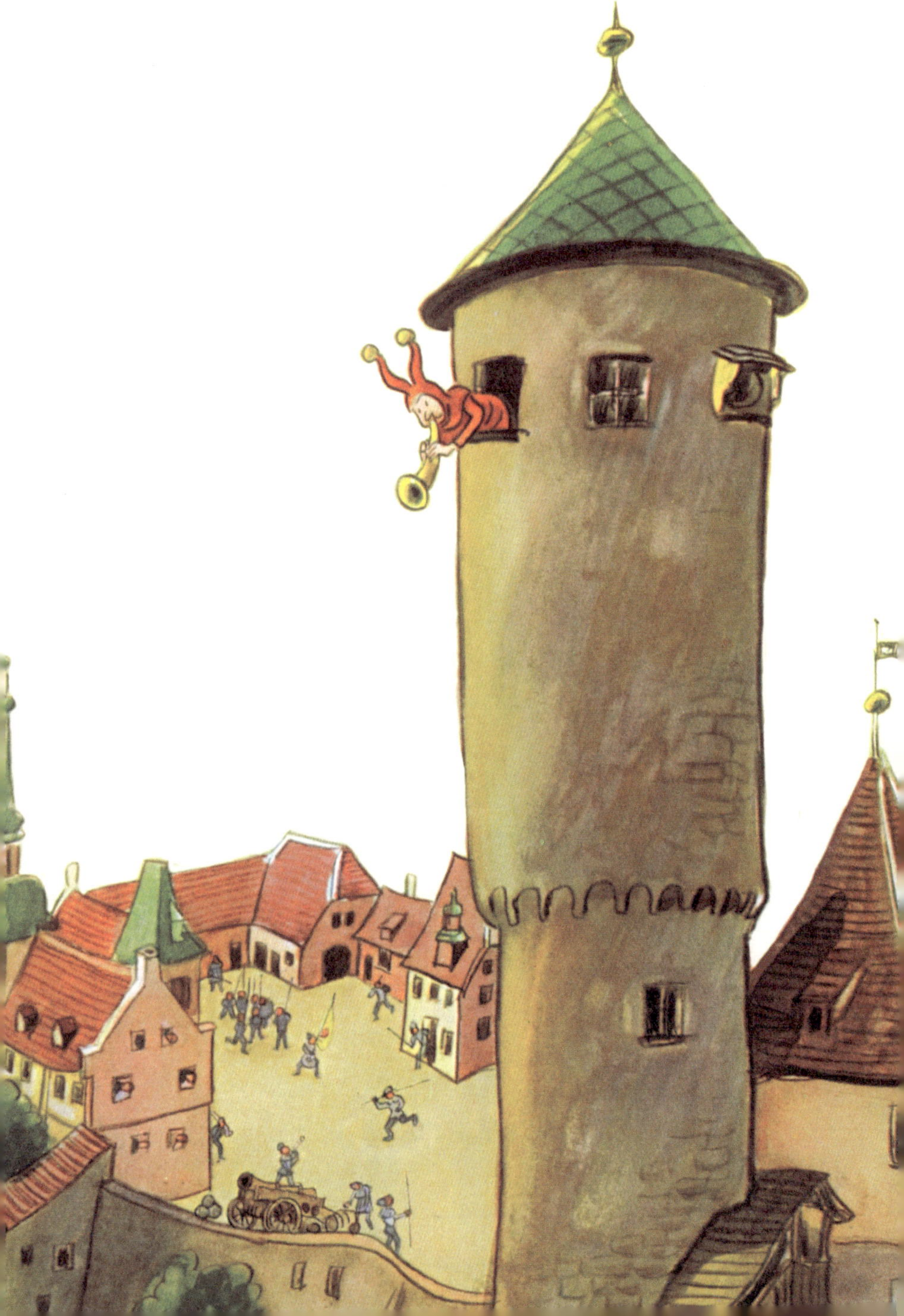

欧伦施皮格尔买土

安哈特伯爵不是德国侯爵中唯一以绞刑威胁过欧伦施皮格尔的伯爵。吕内堡大公也同样威胁过欧伦施皮格尔。当然也是因为欧伦施皮格尔在吕内堡干了一些蠢事。大公命令他:"赶快滚出我的领地!要是让我再看到你,就把你送上绞刑架!"

欧伦施皮格尔随即以闪电般的速度从吕内堡消失了。可是,在他后来的旅途中,如果不想绕远路,就必

须穿过大公的领地吕内堡。所以他先买了一匹马和一辆小车,然后他在策勒附近的一块耕地旁停了下来,当时正好有个农夫在田里干活。他用一先令从农夫那里买了一车土,堆得高高的,然后欧伦施皮格尔钻进车上的土里,只露出头和胳膊,驾着马车穿过他被严令禁行的领

> 然后欧伦施皮格尔钻进车上的土里,只露出头和胳膊,驾着马车穿过他被严令禁行的领地,看起来就像是一个行走的花盆。

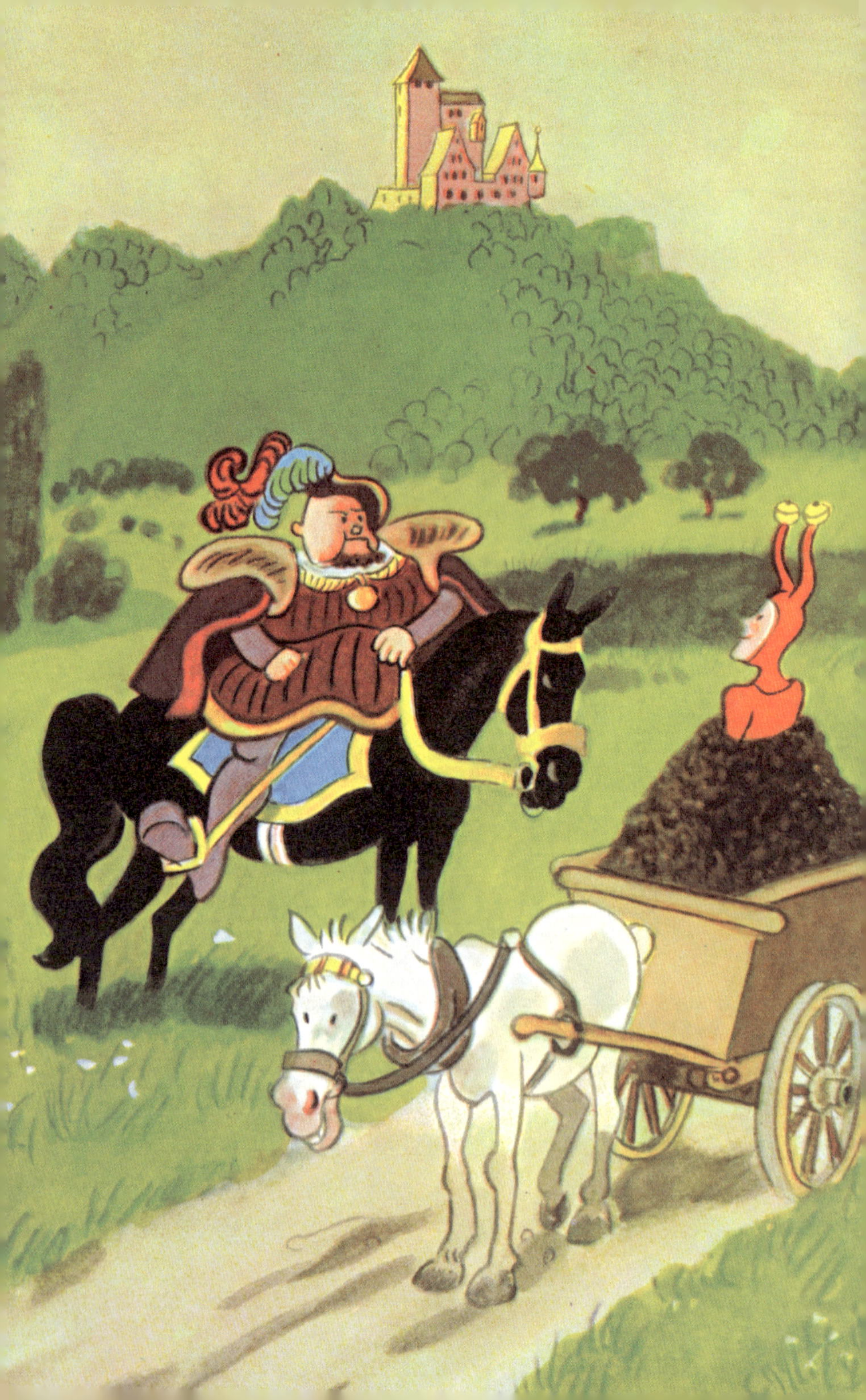

地，看起来就像是一个行走的花盆。

当欧伦施皮格尔正要穿过吕内堡时，碰到了带着随从正在狩猎的大公。大公停下来说："我不许你到我的领地来。快下来！我现在要把你绞死。"

"我压根儿就不在您的土地上，"欧伦施皮格尔回答，"我坐在我自己的土地上，这是我刚从一个农民朋友那里买来的。这些土起先是他的，现在属于我。这可

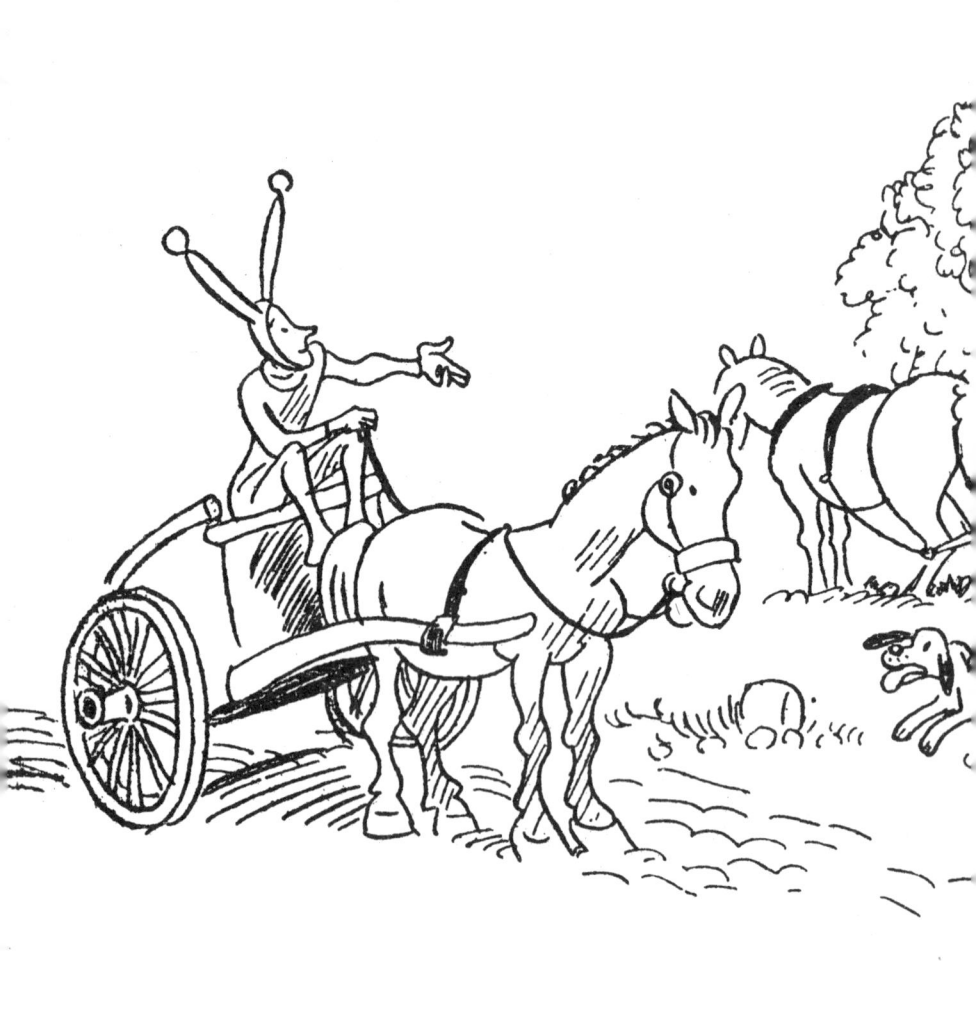

不是您的土地。"

大公吼道:"快带着你的土地从我的土地上滚开,你这个无赖!只要你再来这里,我就把你连同你的马和车一起吊起来。"

欧伦施皮格尔教驴认字

有段时间，欧伦施皮格尔忙于在各所大学之间游走，到处宣扬他是学者，并且戏弄那些教授和学生。他宣称自己学识渊博，无所不能。他也确实答出了那些人提出来的所有问题。后来他到了埃尔福特，埃尔福特的大学生和校长听说了他的来历，就绞尽脑汁地想能难倒他的问题。"我们不能像布拉格的那群人一样。我们不能被

> 他宣称自己学识渊博，无所不能。他也确实答出了那些人提出来的所有问题。

他戏弄了,怎么也得捉弄他一下。"

他们最终想到了一个好主意。他们买来一头驴,把这个倔家伙带到了欧伦施皮格尔住的"塔楼旅店",问他能不能教驴认字。

"当然可以,"欧伦施皮格尔回答,"但是因为驴是个蠢家伙,给它上课要花费很长时间。"

"多长时间？"大学校长问。

"可能要20年。"欧伦施皮格尔说。边说他边暗自思索：20年可是不短的时间，到时候，兴许校长已经不在人世了，要是这头驴也死了，那就最好不过了。

校长接受了他所说的20年。欧伦施皮格尔还要500先令作为报酬。拿到钱之后，就剩下他和那个四条腿的学生了。欧伦施皮格尔把驴牵到马厩里，在饲料槽

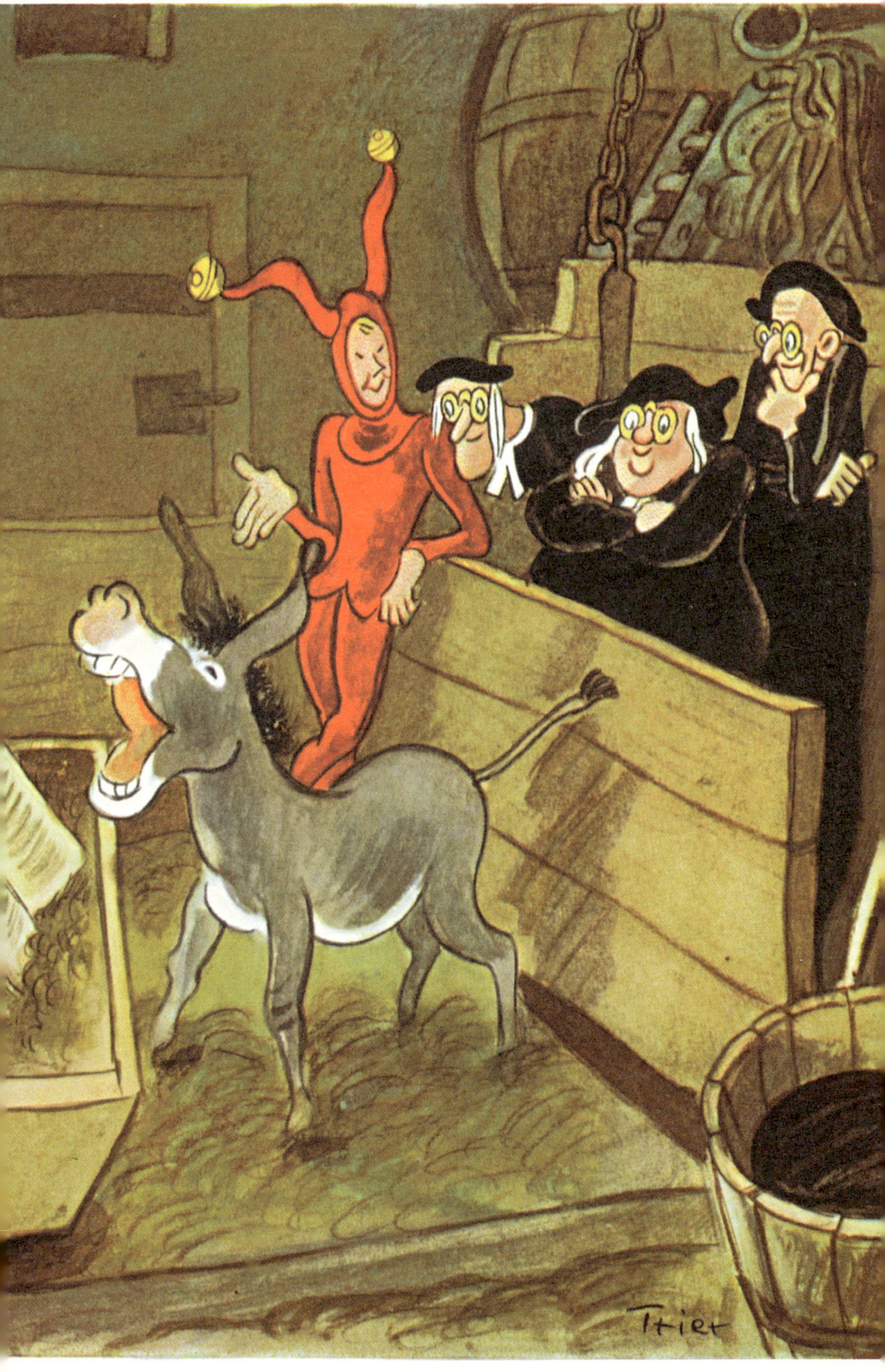
Trier

里放了一本厚厚的旧书,在书的头几页撒了一些燕麦。驴发现了书里的美味,可是要吃到这些燕麦,它就得用嘴翻书,要是燕麦没了,驴就会大叫"咿啊,咿啊!"欧伦施皮格尔觉得太神奇了,就让驴不停地"咿啊咿啊"地叫。

一周之后,欧伦施皮格尔去找校长说:"您想去看一下我的学生吗?"

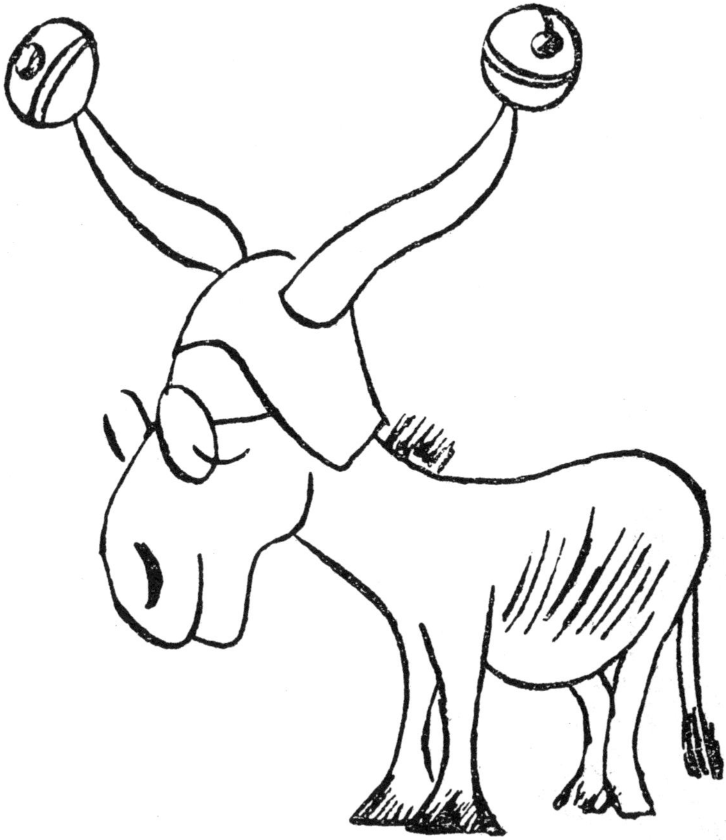

"非常乐意,"校长说,"那个家伙学会什么了吗?"

"它已经会几个字母了,"欧伦施皮格尔自豪地说,"对一头驴来说,一周内学这些已经够多了。"

下午,校长、教授和学生们一起来到旅馆,欧伦施皮格尔把他们领到马厩,然后在饲料槽里放了一

本书。这头驴一整天都没吃到东西了，饥饿难耐，它使劲地翻着书页。但是因为欧伦施皮格尔这次压根儿就没有在书页里夹燕麦，这家伙就不停地声嘶力竭地叫："咿啊咿啊！"

"您听到了，它已经学会了 I 和 A，"欧伦施皮格尔说，"明天我开始教它读

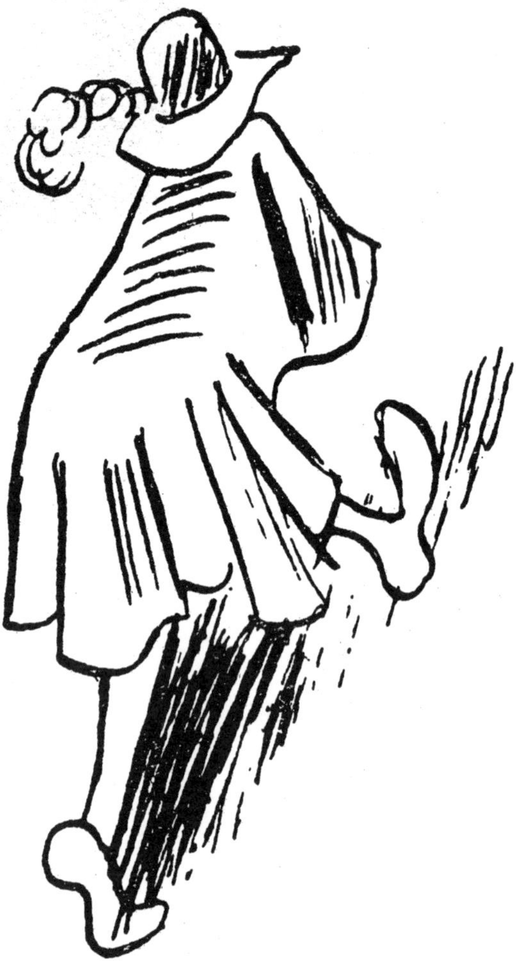

O 和 U。"那些教授和学生听了,气呼呼地拂袖而去。校长也非常生气,这叫欧伦施皮格尔惊慌得不知所措。他把驴赶出马厩。"快滚去找别的埃尔福特的驴去吧!"他朝驴喊。当天,他就卷铺盖逃离了这个城市。

欧伦施皮格尔戏弄裁缝们

欧伦施皮格尔一到罗斯托克，就给梅克伦堡所有的城镇和村子发信，要求梅克伦堡的裁缝们要在约定的那天到罗斯托克来。他要教给他们一项技艺，这会让他们和他们的孩子受益无穷。到那一天，还真有成千的裁缝来到罗斯托克。欧伦施皮格尔带着他们来到城前的一片草地上。大家都坐下后，先是吃喝了一通，因为他们身后还有一段很长的路要走。他们要求欧伦施皮格尔讲几

句透露一下，到底是什么技艺能像他说的那样，会对他们和孩子们有那么大的好处。

"我的师傅们，"欧伦施皮格尔说，"我想特别强调一下：只要你们有一把剪刀、一根皮尺、一个顶针、一根针和线，就不再需要别的东西了。你们不要忘记，把线穿过针眼之后要在线头上打个结，要不线就会从针眼里脱出来，刚才那一针就白缝了！还有问题吗？"

梅克伦堡的裁缝们听罢，面面相觑，脸拉得老长。终于有人喊："真是岂有此理！我们就为了这个大老远地来罗斯托克？几千年前我们就知道了。"

"几千年前？"欧伦施皮格尔问，"你多大了？"

"四十五。"这个裁缝答道。

"就是嘛！"欧伦施皮格尔说，"几千年前你怎么能知道呢？"他感觉受到了无礼的冒犯，环顾一下四周

又说，"我是为你们好。要是你们觉得不是那么回事，你们可以走！"

这时，裁缝们像疯了一样，都想打他。可他一溜烟跑进了一座房子，这房子正好有两个门。他从一个门跑进去，再从另一个门跑出来。他们找来找去，怎么也逮不住他，简直气得不得了。

而那些罗斯托克本地的裁缝们在一旁看着他们的笑

话。"我们一开始就知道,他肯定是要耍什么愚蠢的把戏,"他们说,"你们怎么会听这个小子的话,大老远跑来呢?你们真是太笨了。"

结果,本地的裁缝们和那些外地的裁缝们打了起来,而造成混乱的欧伦施皮格尔已经消失得无影无踪了。

大风吹走了三个裁缝伙计

梯尔·欧伦施皮格尔在小城勃兰登堡待了14天,住在"返乡客栈",流浪的手工艺人总能在这儿找个便宜住处。客栈就在市场附近,旁边是个裁缝店。

裁缝师傅有三个伙计。天气好的时候,伙计们也不待在店里。门前的地上固定了四根柱子,他们早早地就搬个大木板出来,把它搭在这些柱子上,然后自己坐在木板上。

他们像伊斯兰教徒一样盘腿坐在木板上缝裤子，缝衣服，缝各种需要缝的东西。每当欧伦施皮格尔经过的时候，他们总是很恼火，因为他们实在受不了欧伦施皮格尔。可能是因为欧伦施皮格尔到处闲逛而不去工作；也可能因为他总穿着小丑才穿的长袍，也不来师傅这儿定做一套合身的衣服。

他们大声地嘲笑欧伦施皮格尔，往他背后扔碎布料，甚至朝他吐舌头！于是有一天晚上，欧伦施皮格尔悄悄来到裁缝店门前，偷偷地把四根木柱子各锯开了个口子。第二天正好是集市日，一大早广场上就挤满了人，三个伙计对昨晚的事一无所知，继续把木板放在柱子上，像往常一样坐在上面缝东西。

一开始也没什么问题，直到来了个吹着哨子的赶猪人，他一吹哨子，所有人家里的猪，当然还有裁缝师傅

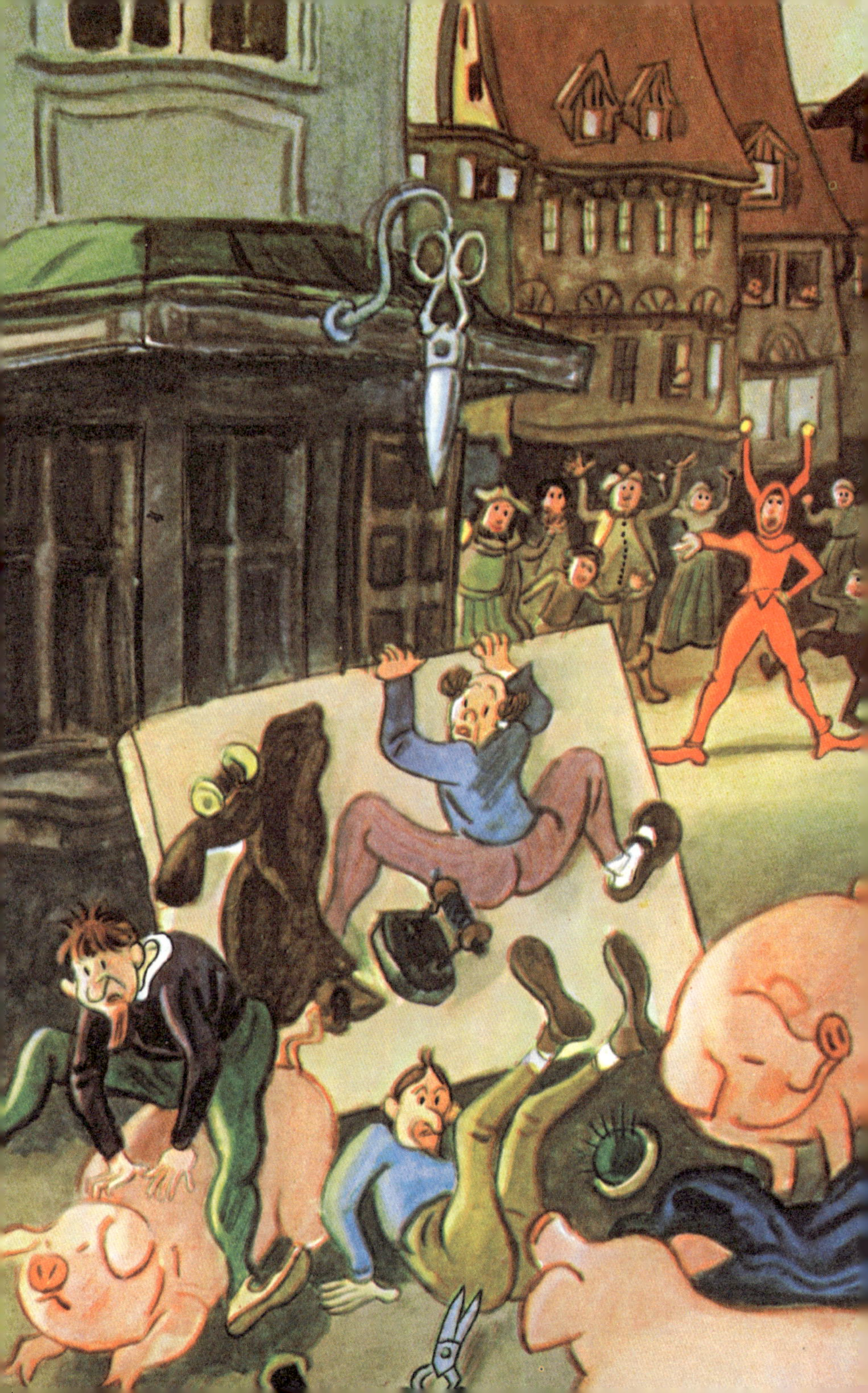

家里的猪，都冲了出来！师傅家的猪蹭着门口那四根柱子往外挤，刹那间，被锯过的柱子轰然倒塌，木板重重地砸到了地面上。三个伙计被高高地弹起，最后呈一条弧线落在了大街上的人群中！所有人都惊呆了！"救命啊！"人群中有人大喊，"大风把三个裁缝吹走啦！"

你们肯定都知道是谁在那儿喊，是吧？这三个出洋相的伙计也听出来了，于是连想杀死欧伦施皮格尔的心都有了。但是打那以后,只要欧伦施皮格尔还在勃兰登堡,他们宁可闷在作坊里流汗也不出门了。就在欧伦施皮格尔打包好行李继续上路后,他们才谢天谢地,大松了一口气。

欧伦施皮格尔一走,这三个伙计立马又坐到房前去了,还对人们吹嘘说:"幸亏那家伙走了,不然我们早把他打得面目全非了!"

欧伦施皮格尔捉弄皮衣师傅

有一次，狂欢节前，欧伦施皮格尔到了莱比锡，他在莱比锡的任何一个皮衣师傅那里都没能找到活。

这是因为在上届莱比锡博览会上，有个柏林的皮衣师傅给他们抱怨过，说欧伦施皮格尔在他那里做活时，把他很多上等的狼皮剪成了小块，做成小狼和小泰迪熊样子的填充玩具。

莱比锡的皮衣师傅们可不想让欧伦施皮格尔也毁掉

他们手头上昂贵的毛皮，于是拒绝雇他干活。结果，正因为如此，欧伦施皮格尔想找个机会好好地教训他们一顿。

机会来了。

欧伦施皮格尔偶然得知，狂欢节那天，皮衣师傅们要在狂欢节上吃烤兔。于是，他偷了旅馆里的猫，这可是一只吃得胖乎乎的家伙。他又向厨子要了一张兔皮，躲在楼上的房间里把猫塞到兔子皮里，那只猫又抓又咬，还是非常不幸地被缝了进去。接着他又在鼻子底下粘了一撮胡子，换了身衣服，打扮成农夫的样子站在市政厅门前。

看到一个认识的皮衣师傅从身边走过时，他问那个人是否需要买只兔子。皮衣师傅想到了狂欢节晚上的大餐，就从欧伦施皮格尔手里买走了那只"兔子"，抓着它的耳朵，带到了饭桌旁。其他的皮衣师傅正在喝啤酒，

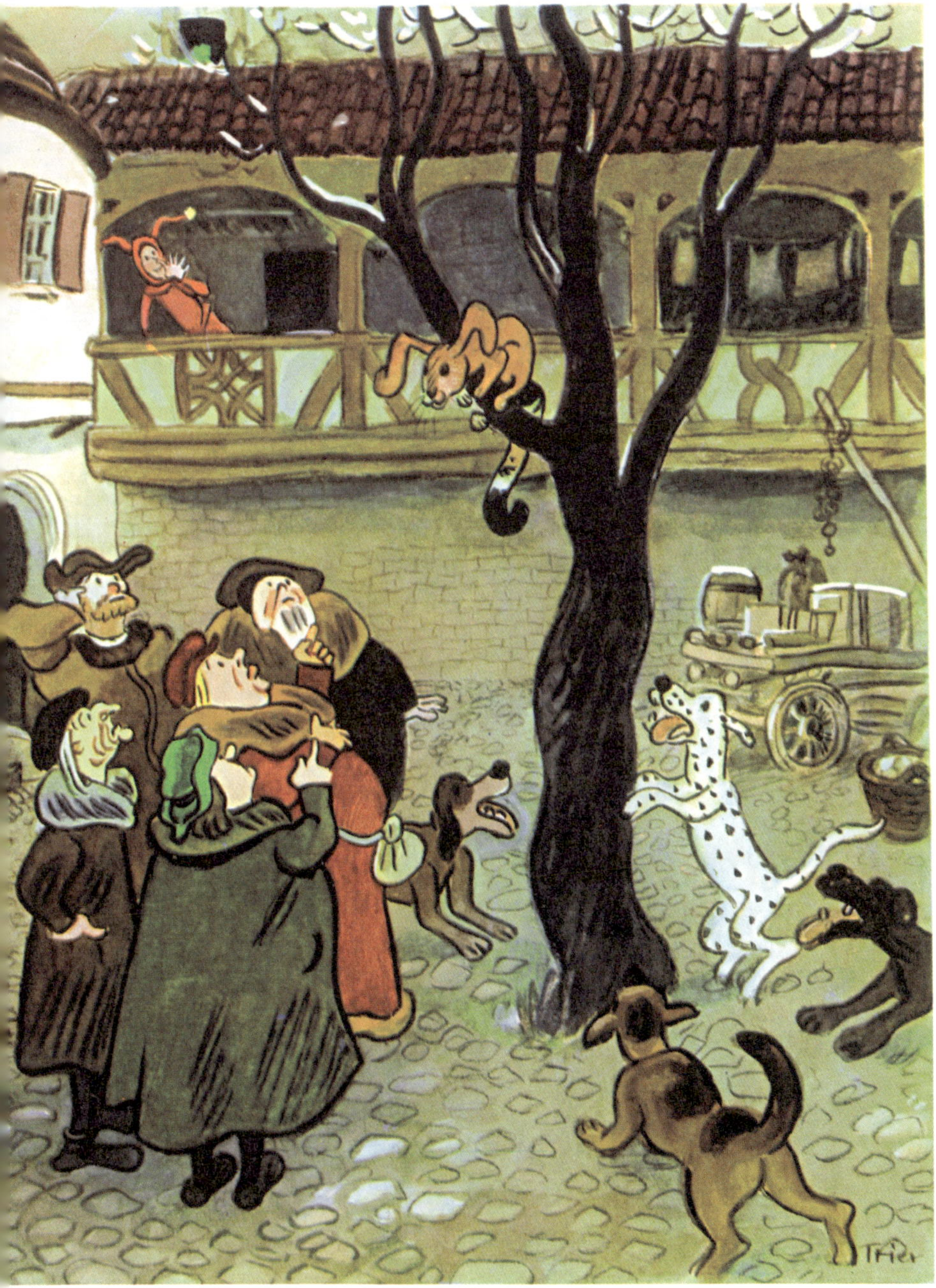
Trier

看到他带来的这只活蹦乱跳的狂欢节需要的兔子,都激动得不得了。

其中有个皮衣师傅正好带着一条狗。他们想找点乐子,于是把"兔子"放开让它跑去花园里,再叫狗去抓"兔子"。

可是,还没等他们看清楚,"兔子"就爬上了一棵树,悲惨地叫着:"喵!喵!喵!"

这时他们才慢慢明白过来，自己被捉弄了。猫肉啃起来可不如兔子肉的味道好。他们怒气冲冲，发誓要打死那个硬塞给他们这只猫的家伙。

可是，与以往不同，欧伦施皮格尔这次卖猫是化了装的，后来又换回原样，那些皮衣师傅也没办法认定就是他做的。因此欧伦施皮格尔还活得好好的，继续捉弄其他人。

欧伦施皮格尔收购牛奶

有一次在不莱梅，欧伦施皮格尔滚着一个大桶来到周末市场，把桶竖在那里，收购农妇们带到城里来卖的牛奶。人们一个接一个地把牛奶倒进他的大桶里，欧伦施皮格尔还用粉笔在桶壁上写好每个女人卖给他几升牛奶。最后，市场上除了欧伦施皮格尔的大桶外，其他装牛奶的罐子都空了。桶壁上用粉笔写得密密麻麻，满桶的牛奶几乎都要溢出来了。

人们都很纳闷,欧伦施皮格尔要如何处理这么多牛奶,这时,他把正犯嘀咕的那些人召集过来。接下来的事情更让他们大吃一惊。因为桶已经满了,市场上的女人们就跟他讨钱,可欧伦施皮格尔说:"我身上恰好没有钱。不过,14 天之后我还会来不莱梅的市场,那时我再付给你们该得的赫勒和芬尼,有零有整,一分都不少。"

农妇们一下子炸开了锅，朝他大叫。要是他不马上给钱，她们就喊警察来。

"我不知道你们想要干什么，"欧伦施皮格尔说，他真的很生气，"要不这样，谁不想等，就可以把她的牛奶从桶里舀走。但是，舀出来的绝对不能比倒进去的多。"

农妇们顿时爆发出了一片怒吼声，市政厅的三扇玻

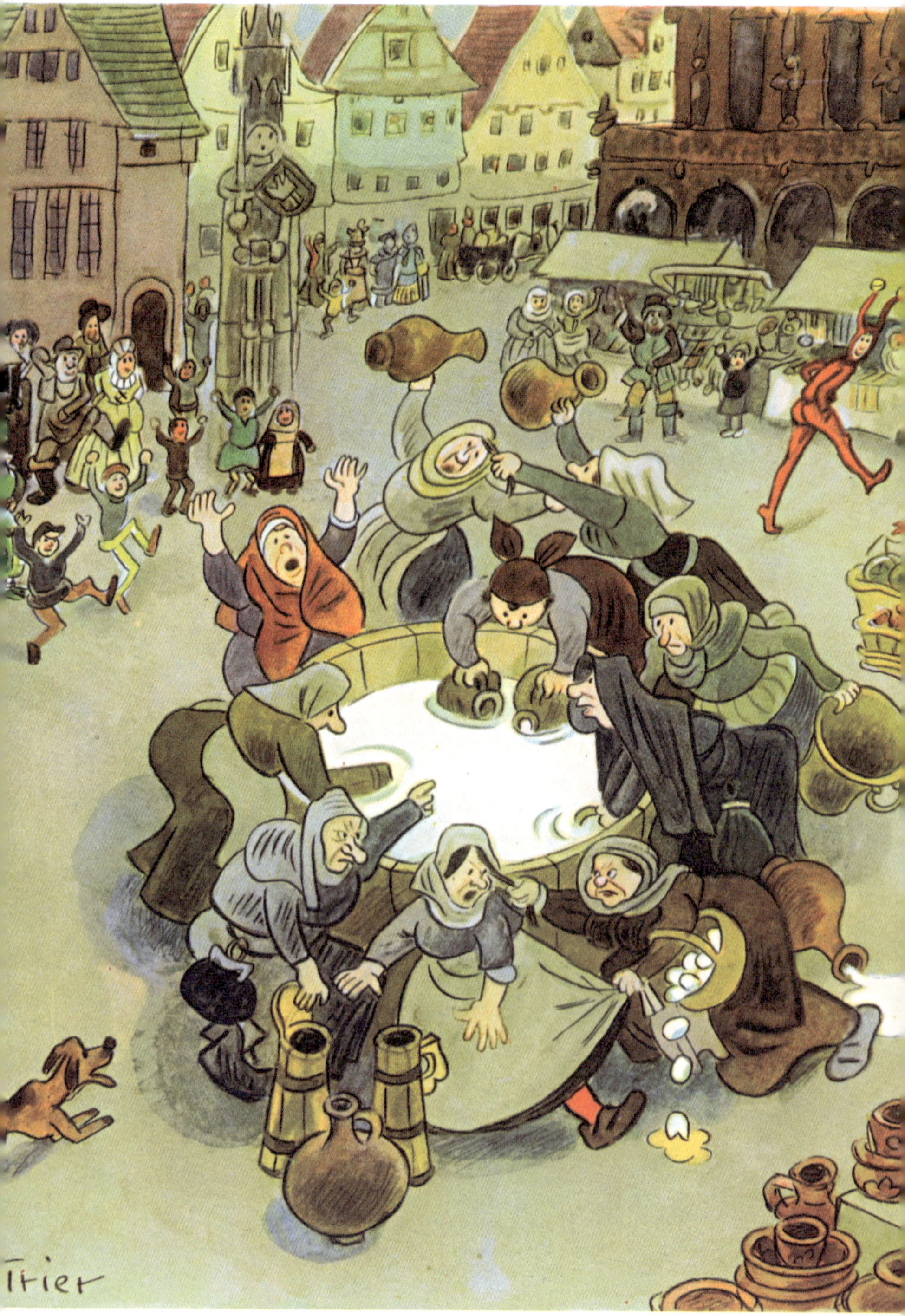
Trier

璃窗都被震碎了。女人们举着她们的瓶瓶罐罐还有小桶涌向欧伦施皮格尔的大桶。因为每个人都想当第一，整个场面乱糟糟的。她们用桶打来打去，牛奶也喷到空中，落下来洒在衣服上。最后，欧伦施皮格尔的大桶被打翻在地，整个广场遍地都是牛奶，看起来就像是刚下过一场牛奶雨。

那些女人们摔倒滚在一起，旁边的看客们笑得肚子都疼了。欧伦施皮格尔在哪儿呢？

现在，在本书的结尾，你们一定都很清楚！欧伦施皮格尔到底在哪儿呢？每次当他做了什么坏事，别人都在找他的时候，他早已溜之大吉了。

现在他仍然翻山越岭，穿过峡谷，沿着河边，经过树林和农田。要是在某个地方他还没有捉弄过人，那他

> 现在他仍然翻山越岭，穿过峡谷，沿着河边，经过树林和农田。要是在某个地方他还没有捉弄过人，那他马上就会补上。

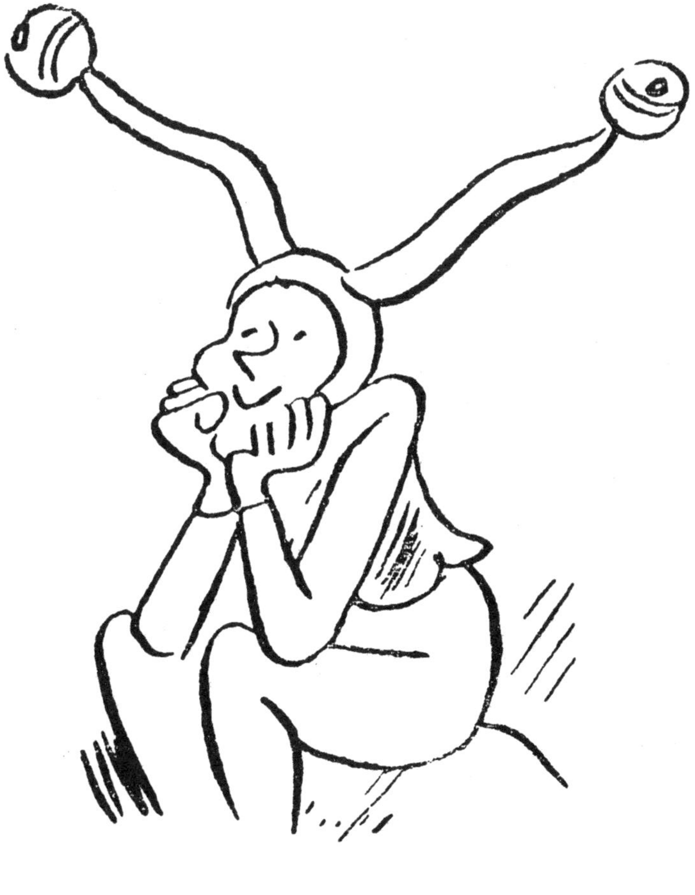

马上就会补上。

只要一看到自己的把戏得逞,他拔腿就跑,赶快消失,而当地人却如愚人一样被他捉弄。

欧伦施皮格尔就这样一辈子都在捉弄人,直到老去,而且他总能发现一些地方,不管是乡村还是城市,那里的人还是会上他的当。因为无论什么时候总是有脑子愚笨的人,任何时候都不例外!

完

作者简介：

埃里希·凯斯特纳 1899 年出生于德累斯顿。他在大学完成了日耳曼文学、历史、哲学和戏剧史的学业之后，靠做戏剧评论家、为报纸和杂志做撰稿人为生。后来，凯斯特纳成为了著名的儿童书籍作家。作为作家，他在 1928 年通过他的诗集《在腰上的心》，以及一年之后他的首部儿童书籍《埃米尔和侦探们》受到瞩目。此外，他还获得过格奥尔格·毕希纳文学奖，国际安徒生奖及国际青少年图书奖。

埃里希·凯斯特纳于 1974 年在慕尼黑逝世。

绘者简介：

瓦尔特·特里尔，德国著名插画家，1890 年生于布拉格一个说德语的犹太中产家庭，早年在布拉格和慕尼黑求学。1910 年起为多家出版社画插图。1929 年，他为凯斯特纳的《埃米尔和侦探们》画插图，一举成名。1933 年，纳粹上台后，他被禁止创作。1947 年移居加拿大，1951 年去世。从 1929 年起，几乎所有凯斯特纳的书都是由他绘制插图，他与凯斯特纳的友谊一直延续到他去世。